わが花田清輝

下巻（戦後篇）

生涯を賭けて、ただ一つの歌を──。

鳥居哲男

カバー絵　増山シン
装丁・組版　フリントヒル

わが花田清輝　下巻（戦後篇）

目次

第七章 さまざまな〝戦後〟への挑戦

遊びの精神を断固として持ちつづけた人

（大庭みな子）

――はたして我々もまた、我々の子供や、昔の芸術家のように、苦もなく、見事な円を描き得るであろうか。いまもなお、そういう純粋な心の状態にあるであろうか。われわれの描く円は、ことごとく歪んでおり、そのぶざまな形に嫌気がさし、すでに我々は円をかこうとする気持さえ失っているのではなかろうか。

（「楕円幻想」）

一、鎌倉の豪邸で迎えた日本敗戦

母親の妹が嫁いだブルジョアの家

昭和二十年八月十五日の無条件降伏という日本敗戦の日を、花田清輝はどこで迎え、どのような表情をし、何を思ったのだろうか――。

島田昭男や久保覚の年譜には「鎌倉で敗戦を迎える」と明記されているので、場所は分かるのだが、残念ながら、彼がどんな思いで日本の敗戦を迎えたかについては資料がない。例によって、しつっこく小川徹がその辺の花田を追いかけているが、

「鎌倉時代の生活については、訪問した人の証言は得られなかったし、昭和十九年〜二十年には花田が発表したものもないので見当もつかない」（「花田清輝の生涯」）

と嘆いているのだからお手上げである。人の〝証言〟どころか、本人の〝作品〟もないわけだから、困った小川徹は、苦し紛れに慌ててこう付け加えなければならなかった。

「昭和十九〜二十年には花田が発表したものもないので見当がつかないが、当時、三十歳以上の日本人の多くが一度ふりかえってみたり、書いたりしている『終戦』『敗戦』についての感想がどこにも見あたらないことは、まことに意固地にもみえるし、花田清輝らしいところ、といわなくては

なるまい」(同)。

少し無理な感じがしないではないが、小川の気持ちはよく分かる。そうでも言わなければ、花田ファンの気持ちがおさまらないからだろう。

そして、さらに関根弘が小川に語った言葉を援用して、花田清輝が「一九四五年をひと区切りする見方を否定しロシア革命後、米騒動の一九一八年から中国革命前の一九四八年までを区切りとすべきであるという提案」をしていたらしいと必死になって〝花田擁護〟をしているのが微笑ましい。要するに花田清輝は〝日本の敗戦〟などは、自明のことで問題にする価値もなく、もっと広く大きく世界を見つめていたと言いたいのである。

ブルジョア気分を満喫する日々?

しかし、小川徹は花田清輝が後に書いたエッセイ「さまざまな『戦後』」を読んで愕然としなければならなかった。なぜなら、そこには敗戦の直前から直後まで花田が鎌倉でブルジョアのような大きな邸宅に住み、十数着の背広がぶら下がっている洋服ダンスや葉巻が詰まっている机の引き出しに囲まれて生活していたことを知るからである。

「……わたしは、鎌倉の材木座の海をみおろす丘の上の大きな家に住んでいました。(中略)わたしが遠慮なく、その葉巻をふかしたり、毎日、洋服を取り替えて着たりして、ブルジョア気分を満喫したことはいうまでもありません」（「さまざまな『戦後』」）

と、花田自身がぬけぬけ書いているのだから、小川徹でなくても驚くのは当然だろう。

その当時、豪邸に住み、葉巻を喫い、華美なファッション三昧の生活をしていたら非国民と言われた時代だし、極貧生活に喘いでいるはずの花田が、そんな贅沢をしているなどとは考えられない、と思うのは当然である。また〝嘘つき花田〟が強がって虚言を吐いていると考えて笑ったかもしれない。ところが、これは事実なのだから面白いのである。

もっとも、これは花田の母の妹が嫁いだ先のブルジョアの屋敷であり、このブルジョア一家が、もっと食料が豊富で安全な田舎に疎開し、留守番を頼まれたからなのだが、どんなことがあっても、花田の言動を擁護したい小川徹としては、振り上げた拳のやりどころに困った感じがしないではない。だが、小川は強引にそれを逆手にとって、この短いエッセイでも花田は「あえて八月十五日にはふれず、すっとばしている」（「花田清輝の生涯」）と、日本の敗戦などという当たり前のことは、歯牙にもかけないような花田の潔い姿勢を強調して、大見得を切らなければならなかった。

しかし、たとえ、留守番役の仮住まいだとはいっても、大井・伊藤町の貧民窟のような長屋の生活とは天と地ほどの違いがある大豪邸なのだから、無理な感じは否めない。

小川徹を愕然とさせたこの発言は、花田が亡くなる四年前に発表した四百字詰原稿用紙三十枚程度のエッセイなのだが、そこに書いてあることより、ずっと後の二〇〇四年になって「新日本文学」に発表された息子の花田黎門の文章の方が、もっと詳しく敗戦当時の鎌倉の家と当時の生活を描いているので紹介しよう。

息子・黎門が証言する豪邸での生活

「この鎌倉の家は天国のようなところであった。山門のような入り口を入ると、広い砂利道が左に曲がりながら上がって行き、大きな屋敷に行き着く。道の左手は岩山になっていて、その下には小川が流れており、赤い沢蟹がいた。道の正面は山になっていて、そこも我が家の敷地ということだった。春にはこの山で桜が咲いた。夏には甘い香りをたどると山百合がひっそり白い花を咲かせていた。秋にはイガイガの中に栗が茶色に光っていた」(「花田清輝とその妻トキ」)

これは確かにビックリするほどの豪邸である。さらに豪邸の内部と周辺をうかがうと、

「屋敷はかなり広く奥の離れが清輝の書斎兼寝室となった。岩山の上が芝生を植えた庭になっており、春にはクロッカスが黄色や紫の花を咲かせていた。朝には小綬鶏がチョットコイ・チョットコイと鳴いていた」(同)

というのだからたまらない。まぎれもなく花田清輝は敗戦前から敗戦の日、そして敗戦からしばらく、このような恵まれた環境で家族とともに過ごしていたのである。

これを私は小川徹のように、何か後ろめたいことのようには思わない。むしろ痛快というか、思わず笑ってしまうような気持ちになるし、ブルジョアのような環境に起居したといっても、花田清輝の本質にいささかの変化があるはずもなかろう。当然のことながら彼はそこで〝豪奢〟な生活をしていたわけではない。花田一家も例外なく戦前戦後の食糧難と闘わなければならなかった。花田黎門は続けてこう書く。

「芝生の庭を掘り返して家庭菜園を作り南瓜や薩摩芋を植えた。肥料はトキが下肥をまいた。朝には南瓜の黄色い花に受粉をした。山には野生のフキが沢山生えていたのでこれを取ってきて食べた。海に近いのだが、魚は全く手に入らなかった。私も野鳥を捕まえようとワナを作ったが、全く捕ることは出来なかった。ある晩、清輝、トキ、私の三人で釣りに出かけたこともあったが、釣り餌もなく、夜の海を眺めただけで空しく帰ってきたこともあった。煙草も不足していて、山のイタドリの葉を乾かして煙草代わりにしていた。巻く紙としてはコンサイスの辞書を破って使っていた。そのうちに塩さえ不足し、私が海水を煮詰めて作ったが、とても口には入れられるようなものではなかった。（中略）食糧事情はますます悪くなり、トキは毎日曜日に千葉とか茨城に買い出しに行くようになった。清輝はその種の仕事は一切しなかった。トキの努力もあって飢え死にはしなかったが、栄養失調は免れなかった」（同）

戦争や食糧難時代を知らない世代には、まったく想像もできず、関心もない話かもしれないが、七十年あまり前の日本はこのような状態にあり、わが花田清輝もその渦中に喘いでいたことだけは確かである。さすがの花田も敗戦の前年「現代文学」に「小林秀雄」を発表して以来、二年間、何も書かず、無為の時を過ごしているように見えた。

息子に伝えた日本敗戦へのメッセージ

しかし、花田黎門の「花田清輝とその妻トキ」には、わずかに敗戦の日と思われる日についての花田の言動に触れている部分があり、これは小川徹も知らないことだから注目してみよう。

「そうこうしているうちに広島、長崎に原爆が落ち戦争も終わりを迎えた。通常の空襲の後は、どんなに被害がひどくても、翌日の新聞には『損害は軽微なり』と発表されたのだが、このときだけは新型爆弾で重大な被害とあったので、子供心にもその恐ろしさは伝わってきた。（中略）学校教育のせいで私は結構軍国少年だったから『もうこれで終わりなの』と聞いたら、清輝は『これ以上続けたら革命がおこるから』と言っていた」（同）

という記述がそれである。これが敗戦の日の花田清輝と黎門親子の会話であるかどうかは定かではないが、すぐ、それに続けて、

「ちなみに、終戦の日、宮城前広場で何人かの青年が割腹自殺をしたのだが、その中に清輝を襲った青年達も入っていたそうである。清輝がそれを聞いたとき、なんと言ったかは覚えていない。しかし彼らに対しは少なくとも悪意は持っていなかった。むしろ好感すら持っていたのではないかと記憶している」（同）

と、微妙な父親の印象を書いているから、敗戦の日からそう離れてはいないはずだ。

いずれにしても花田清輝は、当時の日本人の多くとは違う目で日本の敗戦を眺め、小川徹や関根弘が言うように、もっと広く大きな目で世界の歴史を区分しながら、来るべき新しい時代に備えて己を磨いていたということにしておこう。

雌伏の時にほぼ完成した代表作二冊

しかし、この小川徹の苦し紛れの〝清輝礼賛〟は、ある意味では正鵠を射た発言であることを、その後の花田清輝の活動によって、私たちは思い知らされるのである。

確かに昭和二十年という日本敗戦前後の一年間、わが花田清輝は特筆できるような何かをやった

わけではなかった。前年から軍事工業新聞に勤務し、弟子であるはずの関根弘を先生として新聞記者修業に励み、たちまち社説を書くことで頭角を現したというが、これはそれほど自慢できる話ではない。この軍事工業新聞も敗戦の前月に退職しているし、鎌倉の豪邸で無為の日々を送っていたと言われても仕方がないのだが、それは敗戦後の活動への雌伏の時期と視るのが正解だろう。

昭和十六年から十七年にかけて、あらかた書き上げていた「復興期の精神」を完成させたのも、おそらくこの時期だということは、誰にでもすぐに見当がつく。なぜなら昭和二十一年一月に創刊された「近代文学」に「変形譚（ゲーテ）」を発表、次いで「笑う男（アリストファネス）」を書き上げたことによって、その全編が出揃い、翌二十二年十月には我観社（後の真善美社）から一冊となって上梓されているからである。

それればかりではない。荒正人、小田切秀雄、佐々木基一らが文学者の戦争責任を追及するために創刊した「文学時標」には「錯乱の論理」の中の「偽書簡集」のトップを飾る「アルス・アマトリア」を、「真善美」には宮崎友三郎の名でフランツ・カフカの「橋」、「都市の紋章」を翻訳発表している。

つまり、花田清輝は自分の初期の代表的著作ともいうべき「復興期の精神」と「錯乱の論理」の二つを、この時期に整備、完成させ、戦後最初のカフカ翻訳者として、後の一大〝カフカブーム〟

への先鞭をつけていたのだった。

二、不屈の大衆のエネルギー

皮肉に満ちた俗物への警告

こんな芸当が出来る人間は、おそらくこの時期、日本中のどこを探しても花田清輝以外、誰もいなかったと言っていい、と断言してもいいだろう。

え？　他に誰かいた？　いたとしたら教えてほしいものだ。戦後文学の旗手などと言う偉そうなジャーナリズムの〝おだて〟に乗って、自分だけがその代表だという顔をしている連中は掃いて捨てるほどいるが、花田清輝だけは躍らされることなく、日本を見つめ、世界を俯瞰し、人間と社会を静かに深く透視する作業を続けていたと言っていいだろう。

早い話が「アルス・アマトリア」という作品は、ご存知の通り、二千年前のローマの詩人・オウィディウスの〝恋愛指南書〟をもじった非常に短いエッセイだが、これを文学者の戦争責任の追及を標榜する「文学時標」に発表すること自体、当時の民主主義・自由主義の到来に舞い上がって、鬼の首を取ったように騒ぐ連中と一線を画す姿勢である。

つい昨日まで神風日本、「欲シガリマセン、勝ツマデハ」と教育されてきた善良な人々に対して、さあ、これからは、われわれが主役ですよ、戦争をやらせた連中をやっつけましょう、と煽り立てることは、ファシズムがやった方法と同じやり方でしかない。テクニックとしても上手な方法でないことぐらいは分かりそうなものなのに〝戦争に負けたから勝った〟とでもいうように、同じやり方で啓蒙しようとするのは、あまりにも愚かなことではないか。いい加減に目を覚ましたらどうだ、と花田は思い、バカ丁寧なぐらいに噛んで含めるように次のように書く。

「要するに愛されたいばあいには愛されたいといわず、あくまで愛するといわなくてはなりません。一見、同じことのようですが、このニューアンスをみわけることが大切です。（中略）大衆も女の子も同じようなものです。艶福を祈ります」（「偽書簡集・アリス・アマトリア」）

と書く花田のアイロニーに満ちた内容は、啓蒙する側の人間が持つ安易な大衆認識と言動に対する根源的な鋭い警告と見なければなるまい。

花田清輝が不得意中の不得意である〝恋愛〟をネタにして書くのは噴飯ものだが、それより以上に、当時の民主主義・自由主義を説く〝啓蒙家〟たちは、愚かというか、底の浅い楽観主義者たちばかりだったのだろう。

だから、花田は見るに見かねて、自分が一番苦手の男女の駆け引きに喩えてまで、偉そうな先生たちに皮肉たっぷりの説教をしたのだと見るべきだろう。いや、花田は本気で真面目に怒っていたのかもしれない。そうでもしなければならない事情を、彼は敗戦直後に身に沁みて体感していたのだった。

転換を実感した「青服のイメージ」

次に掲げる文章は、戦後十年余り後のものだが、敗戦直後の〝新しい日本を作ろうとする文化人たち〟の体質に絶望する花田清輝の心情が余すところなく伝えられている。少し長くなるが、私の大好きな〝花田の悪文〟をしみじみと味わってほしい。

「あれは終戦直後――たぶん、終戦の翌日か翌々日のことであろう。わたしは渋谷駅にむかってすべりこんでいく国電の窓から、線路の上で、無心にツルハシをふるっている青服の一隊をみたのだ。むろん、それは、なんでもない風景にちがいなかった。しかし、かれらのすがたをみるや否や、不意に私は、うれしくてうれしくてたまらないような気持になってしまったのだ。それは、おそらくわたしが、そのときはじめて、戦争がおわったということ、時代が転換したということ、やがてプロレタリアートが、その新しい時代のにない手になるであろうということ――等々を、一瞬のあいだに実感したためだったにちがいない。（中略）もう一度、そんな気持をあじわったのは、それからしばらくたってから、日比谷公園で、赤旗をひらひらさせながら走ってくる一台のトラックをみたときだ。トラックの上から、メガフォンをもった男が、獄中にあった共産党員が、いま解放され、これから飛行館で歓迎会をひらくところだと叫んでいる。わたしは、同行の関根弘にむかって、こう、こうこなくちゃいけねえ、とかなんとかいいながら、さっそく、その歓迎会へ出席した」（「青服のイメージ」）

とまあ、ここまでは素直過ぎるぐらいの喜びようだが、すぐに事態は一変する。

関根弘と共に喜び勇んで獄中からは解放された共産党員の歓迎会に出席した花田は、そこで展開される旧態依然とした〝凱旋風景〟を見せつけられて、絶望的にならざるを得なかった。何と楽天的な、戦後認識しか持たない連中に暗澹たる気持ちにさせられるのである。

そこには自分を高揚させてくれたプロレタリアートの〝無心にツルハシを振るう青服のイメージ〟は、微塵もなかった。花田は多くを語らない。ただ淡々と状況把握できていない連中を、冷静極まりなく、こう嘆く。

「しかし残念ながら、会場の空気は、いささかわたしの期待に反するものであった。出獄した党員たちは『先生』と呼ばれていた。そしてその『先生』たちのはなしは、如何にも『先生』らしかった。そこでわたしは、関根弘を残したまま、ただ一人で会場を出た。すると突然一人のアメリカ将校があらわれて、わたしにむかって、もうすみましたか、とたずねた。どうやら会場は、かれらによって、厳重に監視されているらしかった。わたしは、ますます、クサらないわけにはいかなかった。なぜなら、わたしは、そのとき、革命の前途の一路たんたんたるものでないことに、いやでも気づかないわけにはいかなかったからである。したがって、わたしは、現在、共産党のなかに、たくさんの低姿勢論者がいるにしても、少しも不思議に思わない」（同）

進歩的陣営の単純な楽観に絶望する

ここに書かれていることは明白である。戦争に抵抗して獄中にあった〝勇士〟たちやその周辺に花田は完全に絶望したわけだ。解放されて喜ぶのはいいが、あまりにも単純すぎる。何故、花田が不機嫌な顔をして去って行ったのか、理解できないまま歓迎会場に取り残された関根弘は、最後にGHQ前までデモ行進し「解放軍万歳」を三唱するまで付き合うのだが、そこでようやく、おぼろげながら花田清輝の〝絶望〟に思いをいたす気持ちにならなければならなかった。

そして、なぜ自分を置き去りにして去って行った〝人生の師・花田〟の心情を分からぬままに、ふと、不安が湧き上がってくるのである。浮かれていていい場合なのか。本当に〝解放軍〟に対して万歳三唱などしていていいのか！　現実はそんな甘いものではない。自分だって、そのことは、十分承知のはずではなかったか——と。

「わたしは、日本が敗ければ植民地化されるだろうと思っていた。男はキン玉を抜かれ、女はみんなメカケにされるなどというデマは受けつけなかったが、さりとて外国の軍隊が解放軍だとは信じなかった。しかるに進歩陣営の楽観ムードが、二・一ストの中止命令まで支配的だったことは間違いないであろう」（「花田清輝—二十世紀の孤独者」）

そして、関根弘はこう述懐している。「あの時、花田清輝がなぜわたしを置き去りにしたかわからなかったが、要するに出獄党員が『先生』といわれていたのが気に入らなかったのである」（同）と——。

こんな程度の現状認識の単純さしか持てずに喜んでいる野坂参三をはじめとする〝革新陣営〟の甘さに、彼はほとほと絶望してしまっていたのだった。

何度も引き合いに出すようで恐縮だが、後年、花田は「正直なところ、わたしは、イデオロギーの領域で、たった一人で太平洋戦争をたたかっているつもりになっていたのだ」（「モダニストの時代錯誤」）と書いているが、彼は〝さまざまな戦後〟でも、ただ一人で苦闘していたのである。自分の国の敗戦によって〝先生〟と呼ばれて浮かれているような連中に付き合っている暇はない。

——花田清輝を支えていたものは、偉そうな顔をして浮かれている軽薄な〝先生たち〟ではなく、殴り倒されても殴り倒されても平気な顔をして起きあがり、無心にツルハシを振るい続ける大衆の不屈のエネルギーだけだった。

三、雑誌「真善美」と「綜合文化」

中野正剛の遺児・達彦、泰雄と共に

花田清輝が真善美社の企画編集顧問となって活動を始めたのは、まだ敗戦直後の鎌倉のブルジョアの家にいたときからである。

もっとも、その頃はもう、ブルジョアの豪邸に住んでいたわけではなかった。ブルジョア一家が疎開先から帰って来たので明け渡し、その家の〝物置小屋〟に起居していたときだという。花田一家が住むには狭すぎるので、母と妻子は福岡の実家に帰し、単身、この物置に籠って執筆活動をしていたわけだが、敗戦の年の暮れ、中野正剛の遺児の弟・泰雄が訪ねてきたことによって、以後の展望が開かれたのである。つまり、かっての「文化組織」時代のスポンサー・中野正剛の息子の依頼によって、編集顧問を引き受け、鎌倉から脱出することができたのだった。

この辺りのことは、小川徹の「花田清輝の生涯」が中野兄弟に取材して詳しく述べられていて、

これによって多摩川のほとり狛江への移転、我観社・三宅雪嶺が創刊した「真善美」への関わりなどがよく分かる。つまり、戦後最初に花田清輝が拠点としたのは、祖父・三宅雪嶺を持つ中野達彦・泰雄兄弟が、誰も引き受け手がいない雑誌運営の指導と寄稿を花田に依頼したことによって我観社から真善美社へと発展するルートだった。

雑誌「真善美」の発行を前に三宅雪嶺は亡くなり、雪嶺追悼号が出されたあと四号からは、表紙内容ともがらりと変わって、花田清輝ならではの「真善美」となり、時代をリードする雑誌となって行くのである。また、野間宏「暗い絵」、埴谷雄高「死霊」、安部公房「終りし道の標に」など、戦後文学の主要作品は、この真善美社から出版されて行く。

そして昭和二十二年六月に至って花田清輝は、加藤周一、佐々木基一、関根弘、中野秀人、中村真一郎、福永武彦、野間宏らと綜合文化協会を結成。これによって雑誌「真善美」は「綜合文化」へと発展し、本格的な花田清輝の活動が開始されるのである。

しかし、ここに至るまでの道も、その後の夜の会、未来の会と進む道も、決して平坦な道ではなかった。何しろ空爆によって焼け野が原の東京で、食糧難と闘いながら切り拓いて行った活動である。現代からは想像もできないような、衣食住すべてにわたって最低限の生活を余儀なくされていた時代にやった花田の文化、芸術への挑戦は、おそらくもう、後期高齢者以上の世代にしか理解できない超人的な働きかもしれない。しかし、花田清輝は、これを軽々と、何でもないことのようにやってのけた。

馬小屋改造住居から殺人電車で通勤

まず、「住」の問題。先に述べたように鎌倉から狛江に移ったわけだが、そこは馬小屋を改造した住まいだった。中野泰雄が「ソファーもありますよ」と言ったら、花田は「ソファーがあって昼寝が出来るならいいだろう」と喜んで移転してきたというし、そこから焼け残った溜池のダイヤモンドビルにあった我観社に通った。花田黎門はこう書く。

「たしかに横には馬小屋もあったようだが、馬はもういなかった。この時期の清輝の記憶はあまりないが、赤坂溜池の真善美社に泊まりきりだったからかもしれない。トキは小田急で出勤していた。小田急の車両の横腹にはＴＴＫと書いてあったが、これを　とうとうこんど　ころされる　と読めるというぐらいの殺人的満員状態だった」（「花田清輝とその妻トキ」）

当時の狛江から溜池までの通勤距離はかなりあるが、彼はほとんど会社で起居していたらしい。〝殺人電車〟を嫌ったわけではなく、往復の時間がもったいないほど真善美社の仕事が忙しかったのだろう。花田清輝は眠れるスペースさえあれば、どこでも構わない男なのだ。

「溜池の真善美社には、一度だけ遊びに行ったことがある。だだっぴろい体育館のような所で所狭しと机が置いてあり、机の上には本がうずたかく積まれていた。清輝は床に布団を敷いて、私はソファで眠らせてもらった」(同)

こんな状態だから、花田にとって住の問題はどうでもよかったのである。続いて食の問題だが、これも京都大学中退以降の飢餓の時代に比べれば、何ほどのこともなかった。小川徹が取材した中野達彦・泰雄兄弟が語るところによれば、

「このころは闇市なんかがまだ盛んなころで花田さん自身も芋や電気パンなんか食べていましたね。(中略)花田さんが『編集をやるんなら少しサロン的な雰囲気でやらねばいい知恵は浮かばんぞ』といわれるんですね。初めはそうもいかないので、芋だのパンだのを出してたまに私が新橋の闇市でココアなんかを買ってきて出していたんです。このココアを花田さんが大変喜ばれて(中略)よく『俺はココアで買収された』なんて笑いました」(「花田清輝の生涯」)

水ばかり飲んで飢えをしのいでいた時代に比べれば、芋でもパンでも食べられて、ココアも飲める戦後の食糧難時代など、わが花田清輝にとって、苦しくもなんともなく、むしろ贅沢すぎる感じさえしたことだろう。この辺りが他の〝戦後の旗手〟たちと決定的に違う。

だから「衣」の問題などは、彼にとって取るに足らないようなものだったろう。確かな資料がな

いので詳しいことは分からないが、花田清輝は〝おしゃれ〟だったので、長い貧乏生活の中でも、かなりの衣装持ちだった。坂口安吾のようにドテラ一丁でどこにでも出かけてゆくというタイプではない。時と場所に合わせたコーディネートを心得ていて、各種のシャツ、背広、コートなどを、いわくつきのベレー帽とともに隠し持っていたに違いない。何しろ戦争末期から寄寓した彼の母の妹の家には、彼にはぴったりの溢れるばかりの衣装があったのだから——。

戦後作家の第一線に颯爽と登場する

その証拠に、この時期の写真を見ると、軍服まがいのしょぼくれた姿をさらしている他の戦後の旗手たちの中では群を抜いて、颯爽としている花田清輝を見ることが出来るではないか。

よっ！　ジャン・マレエ！　よっ！　ロバート・ミッチャム、よっ！　ビクター・マチュア、と叫びたいほど〝カッコいい！〟と感じる人は、私だけではあるまい。

昭和二十三年「文芸」一月号の巻頭アート四ページを飾った「戦後作家の顔」の写真を見るがいい。ただ一行「わたしについて語りたくない」と、自己紹介のコメントを付けた花田の姿は、椎名麟三、野間宏、坂口安吾、梅崎春生、加藤周一、荒正人、窪田啓介、福田恒存などに比べて、断然、群を抜いて輝いていることを否定出来る人はいないのではないだろうか。

「異常なほどの羞恥心の持主である彼がスタアを真似るのはオカシイのだが」としながらも、小川徹は椎名麟三と花田清輝と福田恒存の三人だけが「占領軍GHQに対してカメラの前で演技している顔」として捉え、例によって惚れぼれとした調子で、こう書かなければならなかった。

「福田、椎名のはそれぞれの私を、私らしく装うとする子供っぽい演技であるが、花田のはそれらの計算の上に、断乎として二枚目を演じている」（「花田清輝の生涯」）

恥ずかしいし、まったくバカバカしい話だが、何だか嬉しい。そして、私も小川徹に倣って、どうしても花田を持ち上げたくなるのである。いずれにしても、花田にとって戦後の出発は苦難の道続きだったが、衣食住などという〝些末な事柄〟に関しては、何の問題もなく乗り越えていたといっていいだろう。

「生活だって？　そんなものは召使に任せておけ」というリラダンぶりの心意気である。

占領軍には好評だった「復興期の精神」

とは言うものの、真善美社の経営は決して楽なものではなかった。

最初の資金は中野兄弟が高田馬場近くの土地家屋を闇成金に売って作った四十五万円。これがほとんど花田の「復興期の精神」と三宅雪嶺の「大学今昔譚」の出版、そして雑誌「真善美」発行の準備資金として使われる。しかし、この程度では、とても潤沢な資金とは言えない。中野兄弟はさらに点在する土地、家屋敷を売り払わなければならなかった。

この辺りの苦境を花田自身も書いている。

「わたしの本（「復興期の精神」）を二千部印刷し、製本したが、さてそこですっかり、絶望してしまったのである。配給会社に交渉する前に、とうてい、売れないであろうと自分であっさりきめてしまったのだ。そして、わたしの本を倉庫につみあげたまま、社員一同と共に、真善美社の解散について大真面目に協議しはじめた」（「風景について」）

これは花田自身のことを書いているのではない。当初の中野兄弟の兄・達彦について述べているのだが、花田も決して大いなる自信があるわけではなかった。彼はこうつづける。「しかし、一戦もまじえず、退却してしまうのは、いささか性急すぎるような気がしないこともなかった。さらにまた、著者としての責任のようなものもある、といったようなしだいで、とうとう、わたしは、中野達彦と二人で、真善美社の屋根裏に引っ越し、社員の督戦につとめることになったのである」（同）まさに背水の陣である。

だが、奇跡が起こった。「復興期の精神」は版を重ね、続いて出したアプレゲール叢書は、野間宏の「暗い絵」が抜群の売れ行きを見せるようになるのだから面白い。

当時の出版社は、占領軍の民間情報教育局の検閲と紙の割り当て問題が大きな壁だったが「復興期の精神」は〝ベリーグッド〟とのお墨付きをもらい、三千部分の紙の割り当てをもらったそうだから、捨てる神あれば、拾う神あり、というべきか。花田の〝悪文〟は占領軍の検閲者には好評だったらしい。

雑誌「真善美」の終刊から「綜合文化」への発展も花田清輝のリーダシップによって行われ、五千部刷って千部か二千部しか売れないありさまだったが、これは戦後をリードする芸術・文化運動の先駆けとなる。そして花田が拠り所としたのは、オールド・ジェネレーションではなく、あくまで〝新人〟だった。

四、縦横無尽の批評の精神

老大家を撫で切りにする毒舌

「新人と呼ばれはじめるやいなや、たちまちアルティストからアルティザンに堕落するのが、これまでの例であった。肩ひじを怒らして登場したやつは、いつまでも片ひじを怒らしている。中野重治のように。せせら笑ったような顔つきで登場したやつは、いつまでもせせら笑っている。たとえば小林秀雄みたいに。各人各役。カブキ役者と変わらぬ。かれらは個性が強いのではない。ジャーナリズムの要求に弱いのだ。アルティストは永久に新人でなければならぬ。したがって、新人とはアルティストの異名にほかならぬ。彼らは自分の手で創造したものを、次の瞬間、自分の手で粉々に破壊することを恐れぬ。当たり役を投げ捨てて未知の役に敢然と飛びついてゆく」（「本当のアルティスト」）

このような中野重治や小林秀雄への悪口雑言は、以後の花田の常套手段であり、手当たり次第に〝文壇の有名人〟を嘲笑し、こき下ろしてゆく戦法は、鋭い切れ味を見せてはばからないのだ。

畏れ多くも永井荷風〝大先生〟を掴まえて「みごとに仕上げられたかれの一々の作品に即して、それが人びとのノスタルジーをあてこんでつくられた、おみやげ屋の店先に並んでいる記念品以外のなにものでもない」（「荷風の横顔」）と決めつけ、人気絶頂の田村泰次郎や椎名麟三を「そもそも肉体文学のもつ甘さは作中に作者の肉体のなかに含まれている甘さが（中略）あますところなく排泄されるためであり、実にサッカリンのように甘いのだ」（「カタルシス」）、「椎名先生は、政治に絶望して文学に転向したわけじゃない。『絶望』した『詩人』の本来の姿にかえっただけのことだ」（「椎名麟三」）と揶揄するのだからたまらない。

畏れられた花田の〝身に応える嘲笑〟

しかし、相手かまわず悪口雑言を吐いているかに見える花田清輝は、決して相手を憎悪し嘲笑していたわけではなかった。ここのところを関根弘は「対象を憎んで抹殺しようとしていない」花田清輝の方法であるとして「復興期の精神」の中の一文を掲げ、完璧にフォローする。

「憎悪は愛情からうまれる。そうして、その反対ではない。愛情は根本的なものであり、積極的なものであるが、憎悪は第二義的なものであり、消極的なものだ。（中略）嘲笑のなかに含まれている憎悪は、つねにそれと対立する愛情によって、和らげられ、制限をうけ、軽減されており、もしも愛情が消え失せ、純粋の憎悪のみになってしまうならば、その嘲笑もまた消え失せる」（「笑う男」）ものであると――。

だが、関根弘はこう書き継いで相手を憐れみ、花田の悪舌を嘆かねばならなかった。

「戦後、花田清輝は論争を好み、相手かまわず嘲笑したが、しばしば相手側からは純粋の憎悪のみになってしまった応酬を受け、論争というより泥仕合の様相を呈してしまったことはあらためてことわるまでもない。花田清輝の嘲笑は身にこたえるのである」（「花田清輝―二十世紀の孤独者」）と――。

憎悪のみになってしまった対象者が誰であるかは明らかだが、この問題は、昭和三十年代に繰り広げられた各種の〝論争〟を取り上げる後章まで待たなければならない。

いまは「綜合文化」が華々しくスタートしようとしている時点なのである。花田清輝が一人、必死になって本当の〝革命〟のために新人を売り出そうとして格闘しているときなのである。しかし、ロートルや人気者は引っ込んでおれ！　と、愛情に裏打ちされた〝憎悪〟の言葉を吐き続ける花田を援護する者はいない。みんなわが身が可愛いのである。いや、まったく情けないほど了見がせまいのである。

左右両翼から浴びる批判

この時点で花田を理解し、本気で支える〝才能〟が、関根弘や小川徹のような〝花田に惚れきる〟人間が何人かいれば、花田の野望は実現したかもしれないのだが、世の中、そんなに甘くはなかった。ここが花田の弱点であるともいえようが、綜合文化協会自体が強固な組織でないことが決定的にわざわいをもたらす。みんな、自分、自分、自分なのである。

その上、花田には〝強固な組織〟を作ろうなどという気はさらさらない。そんな労働組合のような、善良な働き蜂から組合費を取り、労働貴族を養わせるような〝組織〟など糞喰らえ、一人ひとり人間は違うのだ。それぞれが自分の力量を発揮し、それぞれを認め合う〝自由な組織〟でなければば意味はない。というのが花田の根本的な発想である。

だからスタートした「綜合文化」は、それぞれ秀逸なアルティストであるが故に、関根弘の言葉を借りれば「たちまち左右両翼からウサンクサイ集団とみなされ、非難攻撃の矢玉を浴びることになった」(同)。

——危うし、花田清輝。しかし、昭和二十二年の初夏、彼の前に一人の男が現れることによって事態は新展開を迎えることになる。その男の名は岡本太郎という。

第八章

花開くアヴァンギャルド芸術

精神の運動以外、何一つ所有しない男

（中野孝次）

夜と昼との戦いにおいて、ポーが昼を――岡本が夜を、過度に強調するにしても、前者の昼のなかには夜があり、後者の夜のなかには昼があり――したがって、前者の理知的な作品は、明るいようで暗く、後者の本能的な作品は、暗いようで明るいのだ。（中略）いずれも、勇敢なアンティ・テーゼの味方にほかならず、（中略）真にかれらの関心をいだいているものは昼と夜との戦いそれ自体であろう。（中略）わたしと岡本とのあいだには、つねに意見の対立がある。たとえば、近ごろ、しきりに彼は制服の芸術家たちを非難する。しかし、われわれの第一に脱ぎ捨てなければならないものは、むしろ「芸術家」の制服ではなかろうか。

（「芸術家の制服」）

一、衝撃的な岡本太郎との出会い

手を結ぶ〝ねじれ直線男〟と〝一直線男〟

「こんなヤツが日本にいたのか。奇蹟的だ！」岡本太郎は、花田清輝の「錯乱の論理」を一気に読み終わった後、あの〝眼〟をギョロつかせて、思わず叫ばなければならなかった。

あの狂乱・かの子の〝血〟を受け継ぎ、父・一平に魂の薫陶を受けた〝男〟にとって、当時の日本人は前世紀期的な尻尾を付けた、どうにも始末の負えない蒙昧な生き物だったに違いない。その中で花田清輝だけは、話が分かる格別の存在として、彼の〝血と魂〟に沁み入ったとしても無理はなかろう。まさに〝こんなヤツ〟が日本にいたのである。岡本太郎の眼は、花田清輝を〝奇蹟〟として捉え、狂喜した。

花田の側から言わせても、岡本太郎は前衛芸術運動の〝同志〟として、日本では他に類例のない人物として瞠目してきたのだから、この両雄の出会いは日本の芸術史上、限りなく大きな意味を持っていたと言わなければなるまい。もっとも花田の場合は、太郎のように一直線ではなく、複雑な〝ねじれ直線〟であったとしても、思いは同じなのである。

「現在、わたしの知っている日本の芸術家のなかで、真にアヴァンギャルドの名に値する芸術家は、岡本太郎唯一人です。／かれの若々しい不敵な魂は、常に「絶対」の探求に向かうのです。かれは、絶えず極地を目ざして出発し、しかも永遠に行きつくことのない、二十世紀のコロンブスなのです。なるほど、かれはピカソに脱帽するかもしれませんが——しかし、ピカソのあと追いはしない。あらゆる独創的な芸術家の例にもれず、かれの前には道はないのです。かれの後ろにだけ道ができるのです。したがって、超現実主義と抽象芸術との対立を、対立のまま、統一しようとする、かれのいわゆる「対局主義」は、むろん、妥協や折衷からではなく、究極の表現を求めるかれのたくましい意欲からうまれるのです」（「二十世紀のコロンブス」）

これほど花田が手放しの賛辞を送った対象は他にない。

矛盾律のなかに生きること

岡本太郎も終戦直後、名古屋の知人の家の書架で見つけた花田の「錯乱の論理」との出会いを振り返りながら、花田への絶賛を惜しまない。

「おや、これは題名からして面白い。著者名を見たら、花田清輝とある。その時、私は花田なんて知らないんだけど、題名に惹かれてパラパラと読んでみたら、実にビンビン来ることがいっぱい書いてある。だから『ちょっとこの本を貸してくれ』ということで、名古屋から東京までの東海道線の車中で、一気に読み終わったんだ。私が本当に確かめたいこと、今まで日本のインテリというか知識人が何ら発想しなかったことがそこに書いてある。『こんなヤツがにほんにいたのか。奇蹟的だ』と驚いたわけです」（「楕円の関係」）

この最初の出会いが太郎を夢中にさせた。彼は花田の「錯乱の論理」一篇だけで、花田清輝の真価を見抜いたのである。花田が問題にしていることは、すべて自分の問題であり、決定的な一致点は〝偉くなっちゃおしまい〟という自覚が〝芸術家の生命〟だということだった。

「ピカソは本当に可哀想な奴だ。何故なら成功したから。とにかく〝偉い〟ということにされちゃったら、どうにもならない。『ダメだ！』と言われながら『何を！』というところで、この矛盾律のなかに生きることが芸術家の生甲斐ですよ。花田にはそう言う一面があるわけです。まったく迎合されないような形で自分を表現している。その矛盾律にピンときた」（同）

この瞬間から岡本太郎は、花田清輝とは、世俗と対立する真の同志になっていたのである。

駆け込んだのは太郎が先か？　清輝か？

では、この両雄のどちらが先にアプローチしたのか――。これが正確には分からないのである。

多くの人は年譜を見て、昭和二十二年九月、東京・上野毛の岡本太郎宅へ花田が訪ねて行ったというのが最初だと思われているようだが、もっと以前に太郎の方が東京・狛江の花田の家を訪ねたのが始まりだと、関根弘は証言している。

「わたしが岡本太郎と花田清輝が会うのをみたのは、狛江の旧中野正剛邸内の馬小屋を改造した花田清輝の家である。（中略）岡本太郎は自転車でやってきた」（「花田清輝―二十世紀の孤独者」）

しかし、この関根証言が両者の〝最初の出会い〟かどうかは定かではない。でも、そうあってほしい「その方が絵になる！」と思うのが、私のような花田ファンの心理だから始末が悪い。

そうか、そうか。「日本にも話の分かる男がいた！」矢も盾もたまらず自転車に飛び乗り、上野毛から花田が住む狛江を目指して、必死にペダルを踏む岡本太郎の形相が鮮明に浮かび上がってくるのではないか！ ここからアヴァンギャルド芸術運動が始まった。そうか、よし、よし、岡本太郎は、いい男だ！ と、私などはすっかりいい気持ちになってしまうのだが……。

ところが埴谷雄高も、長く二人の邂逅を関根弘と同じく、花田の家に太郎が自転車で乗り付けたのが最初だと思い込んでいたしいのだが、それは逆だったということを書いている。

「岡本太郎自身の話によると（中略）花田清輝の本を読み感心したあまり、当時の『人間』の編集者にそのことを述べると、その編集者が花田清輝に伝え、そして、知己を見出した思いの花田清輝が上野毛の岡本太郎宅を訪ねて来たのだそうである。それは昭和二十二年初夏であるが（中略）

戦後のその時期は、誰かに精神の共通性を感ずると、すぐ立ち上がって訪ねていったものである」（「『夜の会』の頃の岡本太郎」）

記憶というものの曖昧さ

もちろん、どちらが先か後かが問題なのではない。関根弘が言うように「すなわち『錯乱の論理』の出版は、一九四七（昭和二十二）年九月であり、この本を読んだ岡本太郎と花田清輝の出会いは、同年夏のことではなく、秋以降のことになるわけだが、こんなことはたいして重要なことではない」（「花田清輝―二十世紀の孤独者」）のである。

だが、この関根弘の記述もいささか怪しい。「錯乱の論理」が岡本太郎の装幀で真善美社から刊行されたのは、昭和二十二年九月ではなく十一月である。わずか二ヵ月の違いだから目くじらを立てるほどのことではないが、かくもさように人間の記憶というものは、曖昧であり間違うことが多いことは確かなことだ、と、人は皆、肝に銘じるべきだろう。

もっとも、すでにこの本は昭和十六年に内容的にはほとんど変わらないとはいうものの「自明の理」のタイトルで、文化再出発の会から魚鱗叢書として刊行されていたものだし、岡本太郎が装幀するに当たって、それを読んで参考にし、本の内容に深く共感したということも考えられ、埴谷の

「初夏」でも関根の「九月」でなくても矛盾はないということになる。確かに関根弘の言うとおり、そのこと自体は〝重要〟なことではない。

しかし、私はどうしても太郎の方が先に花田の住む狛江の馬小屋を改造した家を訪れたというよりも、血相を変えて飛び込んで行ったというイメージにこだわり、惹かれる。そうでなければ面白くも何ともないし、極端な人見知りの花田の方が、先に血相を変えて太郎の家に飛び込んでいくなどということはありえないと直感しなければ、花田清輝などという煮ても焼いても食えない人間を語る資格はないだろう。

岡本太郎が埴谷雄高にふんぞり返って「花田がオレの家に来たのが最初だ」と語ったのは事実であったとしても、それは〝大嘘〟であると信じたい。太郎だって、どちらが先にアプローチしたか、などということは大した問題ではないが、人に聞かれれば反射的に恰好をつけて反応するところが、いかにも彼らしいではないか。それは唾棄すべき〝児戯〟ではなく、愛すべき〝稚戯〟だ。

お互いの話がピンピンと伝わる!

しかし、岡本太郎本人が花田清輝全集刊行記念講演で語っている最初の出会いは、埴谷雄高の語ったホラ話と同じものだから、どうも私のイメージは分が悪い。まったく、どうでもいいことだが、その折の状況を太郎の言葉で再現すると次のようになる。

「真っすぐ前をぐっと睨みつけるにして、私の家の門の方に来る男がいるんです。『アッ、清輝だな』と思った。全然、顔も知らないし、写真を見たこともないんですけど、ピンとそう思ったんです。まわりなんか見向きもしないで、肩をそびやかしてタッタッと真正面から入ってきた。ベルを押した。出て行ったら「やっ」「はっ」と恐い感じ。こちらがにっこり笑うと、どうやら向こうもにっこり笑う。それから座敷に行って、いろいろ話を始めたわけです。そうしたら、お互いに話がピンピンとくる」（「『楕円』の関係」）

というわけだ。これが狛江の馬小屋であれば、もっと最高の場面だろうに！

――とにかく、この両雄は出会うべくして出会い、綜合文化協会の活動が四面楚歌の状況にあるとき、新しい発展としての「夜の会」の結成へと踏み出す決定的な起爆剤となるのである。そして花田清輝も岡本太郎もこの過程の中で大きく〝成長〟した。

この稀有な情熱をもった二人が出会わなければ、花田と太郎がそれぞれの〝孤独な作業〟の中に沈潜していたとすれば、本当の意味での〝アヴァンギャルド芸術運動〟が日本で起こるまでに、相当な時間を空費していたに違いない。あえて言えば、これは花田の持論ともいえる「対立したまま統一する」〝奇蹟〟と太郎が本来的に持っている〝狂熱〟との融合でもあった。

二、綜合文化協会の諸問題

苦難に満ちた左右両勢力の綜合

前章で述べたように、花田清輝が野間宏、加藤周一、中野秀人、佐々木基一、中村真一郎、福永武彦らと綜合文化協会を結成し、機関誌の月刊「綜合文化」を発刊して、威勢よくスタートしたのは、岡本太郎と花田清輝が出会う直前の昭和二十二年の初夏である。

すべて花田がお膳立てをし、老獪にも野間宏に宣言文を書かせ、強引にメンバーを新しい芸術運動に駆り立て主導したわけだが、彼はこれが軌道に乗るか、乗らないうちから、すでに次の手を模索し続けていた。綜合文化協会という〝脆弱な組織〟では、とうてい固陋な日本の〝進歩的文化人〟を統一してゆくことは出来ないと見抜いていたのは、ほかならぬ花田清輝自身だったと言ってもいい。

作品的にも人間的にも優秀なアルティストたちが自由に連帯すれば、新しい芸術運動が燃え上がり、実りの多い作品群が溢れ出るはずであり、それを信じて邁進すること以外ないという考え方も美しいが、花田清輝はただ、純情一途にその道を突き進むだけでは巨大な既存の〝左右両勢力〟を綜合できると思っているほど甘くはなかった。

小田切秀雄や白井明（林房雄）が〝アプレゲール批判〟の形で、真善美社と綜合文化協会から続々と出版される「アプレ・ゲール新人創作選」に対して攻撃を加えてくるようになると、花田も考えざるを得ない。いや、そんなことぐらい、はなから想定内だが、自分が推進している運動そのものが、如何に脆弱であったかを反省するようになる。

一枚岩とは言えない〝同志〟たち

しかし、彼の〝反省〟というのは普通の人が考えるような反省ではなかった。反省とは「自分の行為を顧みて悔い改める」というニュアンスがあるが、花田には「悔い改める」気などさらさらない。もともと左右両勢力などというものも、花田にとっては〝敵〟ではなく、小田切秀雄や林房雄も「置き場所によっては〝同志〟」と考えていたろう。

むしろ、彼が懼れたのは〝同志〟たちの方である。基盤としている真善美社の実情は、常に資金繰りに苦しむほどの切迫した状態にあったし、花田の呼びかけに集結してきた大御所や有望な新人たちの動向は、一枚岩などとはとても呼べない不安定な迷走を繰り返す感があり、花田が心配しなければならないことは、枚挙にいとまがない。

一時は真善美社も花田の「復興期の精神」が版を重ねる勢いを見せ、アプレゲール叢書の野間宏

「暗い絵」が抜群の売れ行きを示して、経営も一息つける状態になったこともあったが、重版の見込み違いで在庫をかかえ、講談社などの大出版社には及びもつかない苦境に喘いでいたことは事実であり、やがて出版活動を休止するような事態に追い込まれることになる。

おだて上げたり、辛辣に手厳しくやっつけたりしながら、対立するもの同士を一つにまとめようと努力することがどれだけ難しいことか、花田の試練は果てしなく続く――。

綜合文化協会が目指す前衛芸術運動

このように一喜一憂の苦闘を続けながら、花田は綜合文化協会の活動に全力を傾注しなければならなかった。ここを切り拓かなければ、花田が目指す前衛芸術運動の前進は望めない。彼は執拗なまで老大家と新進作家、左右両陣営に対して精力的に働きかけて行く。

だが、老大家はふんぞり返り、左右両陣営は隙あらば花田批判を仕掛けてくる。したがって、花田は有望な新人の育成に力を注がなければならなかった。しかし、先にも一部を引用したが、「アルティストは永久に新人でなければならぬ。したがって新人とはアルティストの異名にほかならぬ。かれらは自分の手で創造したものを、次の瞬間、自分の手で粉々に破壊することを恐れぬ。当り役を投げ捨てて未知の役に敢然と飛びついてゆく。／私はいま、加藤周一、中村真一郎、福永武彦共著の『1946』を読み終わったところだ。加藤のサティール、中村のエスプリ、福永のフレクシビリティ、いずれも見事というほかはない」（「本当のアルティスト」）と絶賛した〝本物の新人〟たちにも問題がなかったとは言えない。自信と自惚れが混在する新人たちの面倒を、花田自身がいつまでも細々と見てばかりはいられないのである。花田が目指す前衛芸術運動への展開が急務であり、目的であるとするならば、ここで何か大きく衝撃的な〝実践〟を試みなければならなかった。

そしてここに、出会ってすぐに肝胆相照らす同志になった岡本太郎との〝共演〟が具体化するわけだ。関根弘がこの辺りのことを、次のように述べている。

旧態依然の文壇ジャーナリズム

「真善美社が出版活動を休止したのは、新人たちの退潮にあるであろうか。原因は社内の内紛その他いろいろあるが、アプレゲールの新人、加藤周一たちが脚光を浴びるやいなや、文壇ジャーナリズムに吸収され、真善美社を去ったことも一因であろう。もともと綜合文化協会は寄り合い所帯であり、強固な組織ではなかった。それともう一つ重要なことは、花田清輝の関心が戦後新人を育てることよりも、自らの前衛芸術運動に関心を移行させたことにあるのではないだろうか。これは岡本太郎の出現をぬきにしては考えられない」(「花田清輝―二十世紀の孤独者」)

だが、花田は決して真善美社や新人たちを見限って「自らの前衛芸術運動に関心を移行させた」わけではなかった。

岡本太郎との出会いが大きな刺激となり、アヴァンギャルド芸術運動に身を乗り出したことは事実だが、むしろこれは、花田にとって既定路線であり、綜合文化協会が当然目指すべき道だったろう。新しい時代に入ってもなお、旧態依然の文壇ジャーナリズムと〝新人たち〟の体質を根底から変えなければならない必要性を感じていた彼は、脆弱な組織でしかない綜合文化協会を、さらに発展させるために「自らの前衛芸術運動」に邁進して行ったと見るべきだろう。断じて〝関心の移行〟ではない。

強固な組織より自由な組織

花田が目指した組織とは、いわゆる〝強固な組織〟ではなく〝自由な組織〟である。組織の規約とか建前に縛られて、にっちもさっちもいかなくなってしまうような組織ではいけない。人間、一人ひとり全く違う。その違う個人々々がそれぞれ思い切り自己を発露し、光り輝くような組織でなければならぬ。それは何より優先されなければならなかった。

もともと花田が「文化組織」時代から推進してきたことは、このような芸術運動である。右翼も左翼もアナーキストも、あらゆるセクショナリズムにも捉われず、ガンガン論争し合い高め合っていかなければならないという当たり前のことを当たり前にやって来たのは花田清輝ただ一人といっても過言ではないだろう。

それは川本三郎が樺山紘一との対談で指摘しているように、

「AかBか黒か白か、敵か味方かという性急な求心型では決してなくて対立するAもBも自分の中にとりこんでいく」（一九七九年「カイエ」第二巻十一号「花田清輝を読む」）

ということなのだろうが、これこそ花田が最も優先する〝自由な組織〟に他ならない。彼にはもともと白か黒か、敵か味方かという姑息な二分法などはないのである。

それを理解できないのが当時のインテリゲンチャーのほとんどすべてだった。教条主義にとらわれ、些末な問題に目くじらを立てたり、商業主義にあやつられて有頂天になる連中ばかりだったと言えるかもしれない。

だから、この時期の花田清輝が次から次へと取った〝何でもあり〟の行動を本当に理解できた人は数えるほどしかいなかっただろう。

三、何でもありの精神

「近代文学」との合従連衡

昭和二十二年六月からの年譜を見れば明らかなように、綜合文化協会を結成して、月刊の機関誌「綜合文化」を発刊するやいなや、花田清輝は「近代文学」の同人となる。自分が主導する「綜合文化」を創刊した翌月に別の雑誌の同人になるということ自体、奇異な感じがする人もいるだろうが、花田はそんな事には頓着しない。自分ばかりでなく「綜合文化」のメンバーを引き連れて同人参加しているのだから、合従連衡、呉越同舟もいいところだと皮肉な目で見る人たちが多かったが、お構いなしなのである。

ご存知の通り、荒正人、平野謙、本多秋五、埴谷雄高、山室静、佐々木基一、小田切秀雄の七名で創刊された「近代文学」は、戦前のプロレタリア文学運動の流れの一つだったが、戦時中の体験を通して文学の自立性をアピールしようとスタートした。もともとは大井廣介の「現代文学」に拠ったメンバーが中心だが、花田清輝以下の綜合文化協会のメンバーが同人参加したことにより、「近代文学」は、さらに大きな文学運動の拠点ともなる。後に多くの同人は新日本文学会に加入したが、旧プロレタリア文学の流れからは距離を置き、昭和三十九年に終刊号を出すまで、日本文学界に大きな足跡を残した。

しかし、この「近代文学」で花田清輝がやったことは、いったい何だったのだろう。同人になる以前から「復興期の精神」に所収される「変形譚」をその創刊号に発表しているし、同人に加わってからも確かに「錯乱の論理」に所収されている「イワンの馬鹿」を発表しているが、これも同人になる前に書いたものである。ずっと間をおいて「わたし」、「二つの世界」を発表しているとはいうものの、大して身を入れた作品活動をしているようには見えない。少なからず影響を与えたのは「批評の新次元」ぐらいのものだろう。

花田のオルガナイザー精神

だが、花田は「近代文学」を貴重な〝足場〟として考えていた。文学者の戦争責任と転向問題に真正面から取り組み、自己批判も含めて新しい〝自我の確立〟を目指している創刊同人に大きな刺激を受けていたことも事実である。ことに「死霊」の埴谷雄高、「小林秀雄論」の本多秋五、「個性復興」の佐々木基一などにシンパシーを抱いていたことは間違いない。

だから花田が考えていたことは、自分の創作活動より、この連中と綜合文化協会の仲間が合流して議論をたたかわせ、彼らに実りある作品制作に取り組ませること、それがオルガナイザーとしての使命を持つ花田清輝の目的だった。

言ってみれば、綜合文化協会がやろうとしていることの輪を、もっと大きく広げようとする「近代文学」への同人参加と言ってもいい。だから、ある意味では「近代文学」が戦後派文学推進の拠点として高く評価されているのは、新加入の綜合文化協会、つまり花田清輝の力があったからともいえるだろう。

しかし花田は、ただそれだけでは満足しなかった。もっともっと新しい運動の裾野をひろげ、輪を大きくし、商業ジャーナリズムも巻き込んで、突進しなければならない。それには〝同志〟たち自身の〝内なる成長〟が必要となる。彼は綜合文化協会と「近代文学」より、意気投合した岡本太郎と「夜の会」の結成に全力を挙げなければならなかった。

新人も大御所も質的成長を遂げさせるためには、アヴァンギャルド芸術を本当に理解させなければならないと本気で思っていたからである。

裏に回って触媒の役目をする

そんな花田清輝を周囲は戸惑いながら眺め従う。真善美社の苦しい経営を一人で背負っていた形の中野泰雄が当時の綜合文化協会について語っている何気ない一言に注目してみよう。

「(花田さんは)『私は触媒みたいな役をすればいいので、君たちが討論をして伸ばしてやってくれ』みたいなことをおっしゃって(昭和二十二年)九月以降は徐々に裏に回ったんです。(中略)甘えて『花田さんはわれわれに愛情を持って接してくれてるんですね』なんていうと『俺は君たちを憎悪しているよ』というんです。(中略)それでこっちが閉口していると最後に少しだけにやりと笑ったりするんです」(小川徹「花田清輝の生涯」)

花田清輝を慕い、甘えている〝同志〟の気持ちも分からないではないが、それをモロに受ける花田の胸中は、察するにあまりある。この思い、このもどかしさは、彼が綜合文化協会の若手メンバーに対して常に抱いていたものだろう。

花田清輝は「夜の会」を作ることによって、綜合文化協会からも若手のメンバーからも離れ、遠ざかろうとしたわけではない。いや、むしろ逆である。彼らにアヴァンギャルド精神を叩きこむ〝使命〟を感じて、厳しく接していたわけだ。

本当の前衛精神とは何か!

「これまで人びとは、前衛芸術というと、奇妙きてれつな、何がなんだか少しもわからない、人を当惑させるような作品のことだと思い込み、前衛芸術家というと、皆、もじゃもじゃ頭にベレ帽をのせた、気取った作家のことだと心得、概して苦々しい顔をしてきたようだ。／大衆の感覚は、常に正しい。要するに、前衛的であるということは、わが国においては新しがるということであり、いっそう正確にいうなら、千九百二十年代にパリで流行した芸術を、忠実に模倣したり、紹介したりすることであった。模倣と紹介――むろん、これはいささかも前衛的でなく、むしろ、すこぶる後衛的な仕事にちがいなかった。／しからば、本来の意味における前衛精神とは何か。それは絶えず破壊すると共に、絶えず創造する精神だ。孤独に耐えながら、まっしぐらに前進する精神だ。機会を踏みにじり、好適を弾く精神だ。妥協せず、安住せず、自足せず――高みに達したばあいには、ふたたびまっさかさまに、谷底にむかってころがり落ちようとする精神だ。つまり、一言にしていえば、それは革命の精神である。今日、前衛的でない――したがってまた、革命的でない、芸術や芸術家のあまりに多いのは、むろん、わが国の民主化の困難なためにほかならないが、これをそのまま、放置しておく手はないのだ／誤解を避けるために断わっておく。今度、わたしたちのつくった「夜の会」は、こういう精神に支えられており、いわゆるモダニストの集まりではないのである。いずれも集団のなかにあって、みずからの孤独を守りぬくことのできる、堂々たる独立人ばかりだ（後略）」（「革命的芸術家の道」）

花田清輝は叩きつけるような調子で「夜の会」の基本的精神をこう書いた。

これは関根弘が言うように「夜の会」の「マニフェスト的文章」というより、彼が目指している〝芸術の基礎〟だったろう。だが、この〝芸術の基礎〟を本当に理解し「堂々たる独立人」である新人や大御所は、当時の日本には数えるほどしかいなかったのである。

いや、確かに少しは理解できる少数の人たちはいた、と言い直した方がいいかもしれない。その頃の日本は、今では想像も出来ないほどの戦後の混乱の渦中にあった。〝芸術〟などより今日の〝食料〟が問題だった現実の中で、花田清輝&岡本太郎が推進しようとしたことは、無茶苦茶なことでもあったのだから——。

四、「夜の会」と「未来の会」

発足までに積み重ねた準備会

このようにして昭和二十三年一月「夜の会」は発足した。発足までの動きを埴谷雄高は次のように回想している。

「昭和二十二年夏、銀座の焼けビルディングの薄暗い地下室で、それぞれ、新しい数歩を踏み出したい精神的苦闘を長く地下へ潜ったパルチザンのような栄養不足の凶悪な顔つきの下におしつつんでいた椎名麟三、梅崎春生、野間宏、佐々木基一、安部公房、関根弘、渡辺一夫、私、それに組織者の岡本太郎と花田清輝が初めて顔を合わせたのである。（中略）そのときはまだ会の名称はきまっていず、狛江の花田清輝宅おける会合を経て、つぎに上野毛の岡本太郎家に集まったとき、板張りの中央に置かれていた一枚の抽象画が「夜」と題されていたので、ほとんどのものがでていた会合の席上で、この絵の名をとって「夜の会」ときまったのである」（「『夜の会』の頃の岡本太郎」）

つまり「夜の会」が正式に結成されるまで何回も準備会が開かれていたわけで、それらはすべて花田清輝と岡本太郎二人の主導によって煮詰められて行ったのである。

その間にはいろいろなことがあった。かなり年長の渡辺一夫は、最初の会合だけで参加をしなかったし、古く「文化再出発の会」からの同志・中野秀人が会員に名を連ねても、最初の一回で脱退してしまったり、アプレゲールの旗手として脚光を浴びた加藤周一、中村真一郎、福永武彦らは「近代文学」への合流はともかく、次々に新しく仕掛けられる花田の動きに、ついて行けないような状況に陥っている。

花田が高く評価する詩人の小野十三郎は不動の会員だったが、大阪住まいのため実質的に活動するには難があったし、最初はオブザーバーのような形だった佐々木基一、安部公房、関根弘が正式の会員となるのは少し遅れるというありさまだった。

関根弘の疑問と不満の総括

それでも「夜の会」は花田清輝の意気込みと岡本太郎の強烈な気合いとによってスタートする。東中野の「モナミ」で月二回公開研究発表会を開き、質疑応答で盛り上がるという展開もあったが、プロレタリアートの関根弘からみれば「夜の会」という組織そのものと発足してからの活動に不満な点がないわけではない。これは一体、何なのか！　これでいいのか！

この感覚は間違ってはいない。以後しばらく、関根弘が見据えた「夜の会」の活動の実際を眺めてみよう。

「問題は雰囲気である。狛江の花田宅の集まりでも、上野毛の岡本宅の集まりでも、酒を飲んで雑談していた風景で、わたしなどはこれがサロンというものかと思っていた。（中略）私と安部公房は研究会に顔を出しているうちに、君たちも研究報告をしろ、ということになって、なんとなく会員の列に加えられただけである」（「花田清輝―二十世紀の孤独者」）

こんなナマぬるいことで何が出来るか！　と、関根弘は最初、戸惑い、生涯唯一の師である花田清輝に対して疑問を抱かずにはいられない。彼は「夜の会」の目的は啓蒙運動だけではなく、革命的芸術を創造することにあると捉えていた。こんなサロンのような雰囲気の中で〝革命的芸術〟が生まれるのだろうか。関根弘は花田清輝の「夜の会」の〝マニフェスト宣言〟の実現を望んだのである。

「まず、われわれは、共同研究から出発する。近き将来において、われわれの研究は共同制作にまで発展するであろう。本来、芸術運動とは、デモーニッシュなものだ。運動のいかなるものであるかを知らぬ連中の眼には、われわれのすがたが百鬼夜行のようにうつるかもしれない！」（「新しい芸術の探求」）

という花田清輝の言葉にも関根弘は大きな期待を抱いていた。だが、現実はどうだったのだろうか。まったく違うじゃないか！　関根弘は冷静に厳しく「夜の会」の活動を次のように書かなければならなかった。

「夜の会は、百鬼夜行の観を呈したろうか。竜頭蛇尾に終わったというのが実情である。前衛芸術家同士の無慈悲な対立というようなものを会員は望まなかったようであり、研究会どまりで、共同制作への道を進むことなく、いつのまにか消えてしまい、代わって、岡本太郎と花田清輝だけのアヴァンギャルド芸術研究会が誕生するのである。（中略）この研究会では、講演のあと、実作指導ということで会場に持ち込まれた沢山の絵を毎回、批評するということがおこなわれ、会場は展覧会場のような光景を呈したが、啓蒙活動の域を出なかった」（同）

関根弘に言わせると「夜の会」の仕事として残されたのは、わずかに東中野の「モナミ」で開かれた研究報告書の速記録を集めた「新しい芸術の探求」（一九四九年刊）だけということになる。

島尾敏雄や安部公房を育てる

おそらくこれは正しい評価だろう。だが、この評価を誰よりも身に沁みて知っていたのは、花田清輝と岡本太郎の二人だった。関根弘がいみじくも指摘したように「前衛芸術家同士の無慈悲な対立というようなものを会員は望まなかった」というところが最大のポイントなのだろうが、いくら二人が太鼓を叩いても踊らない会員ばかりなのである。

だが、岡本太郎という傑物との出会いによって、近代日本として初の美術の分野と文学がコラボを組み、アヴァンギャルド芸術運動を展開した花田清輝の真摯な思いは高く評価されなければならないだろう。

私などはこれに音楽が加わり、三つ巴の芸術運動を望みたいところだが、花田がやることなら何でもいいのである。たとえ最初の拠点である真善美社の経営、その中で立ち上げた綜合文化協会の活動などが尻つぼみになったとしても、花田清輝が挑戦したことに大きな拍手を送るしかない。〝世評〟とか〝正当な評価〟など糞喰らえだ！

そして、花田は関根のように『夜の会』のはじまりとともに、真善美社の活動には隙間風が吹き、代わって月曜書房がスポンサーとしてあらわれてくる。戦後文学賞が制定され、安部公房が受賞したが、運動としていま一つ盛り上がらなかった」（同）と、嘆くようなことはしなかった。「夜の会」をスタートさせた年の秋には、ちょっと毛並みの違った寺田透、丸山真男、杉浦明平、瓜生忠夫、中村哲、下村正夫、生田勉、猪野謙二らの「未来の会」に参加、「未来」第二号から同人となって、さらに活動の輪を広げるのである。とどまることを知らない花田のエネルギーが素晴らしい！

そればかりか、もともと教科書会社だった月曜書房が文芸のジャンルに進出しようとしたのを機に、自分の評論集「二つの世界」、「夜の会」の報告・討論を集めた共著「新しい芸術の探求」を同社から刊行、さらに同社が創設した戦後文学賞では、佐々木基一、椎名麟三、野間宏、埴谷雄高、小田切秀雄らとともに詮衡委員となり、第一回は島尾敏雄の「出孤島記」、第二回は安部公房の「赤い繭」に受賞させたりしながら八面六臂の活動ぶりを見せる花田清輝だった。

日本の芸術の前進と発展のために

それは真善美社という、おそらく空前絶後の良心的な出版社を、実質的には見捨てるような行動であったかもしれない。しかし、それは花田と真善美社がやろうとして出来なかったことを実現させる〝合理的〟な姿勢なのである。目指すのは旧弊に甘んじる〝進歩的文化人〟を少しでも〝覚醒〟させるためにとった行動に他ならなかった。

花田が真善美社の経営をよくするために、ヒロポンの錠剤を飲みながら頑張っていた姿を知る人は少ない。おそらく、二十一世紀に花田のような行動を取れることが出来る人物がいたら、人は〝麻薬の常習者〟と非難したに違いない。ええい、腹が立つ！　誰が花田を非難することが出来ようか。やれるものならやってみろ！　自分の利害など考えてみたことはない彼はただ、自分の精神活動だけに忠実だっただけである。

結果的に「夜の会」の活動に花田清輝が勢力を注いだことは、真善美社の経営を衰退させることになったが、たとえ、この前衛芸術運動に入れ込まなくても〝良心的出版社〟というものの末路は火を見るより明らかだった。花田も中野正剛の息子たちも〝営業の才能〟などとは無縁の存在なのだから——。売れない出版物の在庫を抱え、著者に原稿料や印税を払うために、花田も中野泰雄も二十四時間眠らずに金策したり、金になる原稿を書いたりして頑張っていたのである。

だから、真善美社の中野泰雄は、少しも花田清輝のことを恨んだりはしていない。それどころか、大いなる尊敬を込めて当時を回顧し、次のように語らなければならなかった。

「結局は花田さんの方が（真善美社の）泥沼に引き込まれヒロポン飲んで原稿書かなければならないところまで追い込まれたんです。ですから岡本太郎さんなんかは、むしろ花田さんを救いだしていったんですね。真善美社と共倒れになるのを惜しんで引っぱって行ったんだと思います。それは、日本の芸術のためによかったと思います」（小川徹「花田清輝の生涯」）

そして、ついには何を思ったか、わが花田清輝は昭和二十三年末には、日本共産党に入党し、その傘下にある新日本文学会に参加して、大きな転換期を迎えるのである。

第九章

首が飛んでも動いて見せるわ

虚のなかに実の果を見据え、　実のなかに虚の旗を掲げる

（長谷川龍生）

たとえ芽ばえのまま、ふみにじられてしまったとはいえ、日本および日本人のすがたが、階級的な観点から、もっともするどくとらえられているのはプロレタリア文学だけであって、その他の昭和文学は、それと対立する意味でのブルジョア文学であり、戦後文学もまたその例外ではないとわたしはおもう。いや、戦後文学こそ、ブルジョア民主主義が、その短いインディアン・サンマーに息せききって開花させたブルジョア文学の見本ではなかろうか。といって――だからといって、わたしは、日本共産党の三一テーゼを支持し、いきなりプロレタリア革命の実現をねがうものではない。

（「プロレタリア文学批判をめぐって」）

一、日本共産党への入党

推薦者は赤木健介か青山敏夫か？

花田清輝が日本共産党に入党した年や、その経緯については、例によって例のごとく、詳しいことがさっぱり分からない。

島田昭男、久保覚・福島紀幸の年譜をはじめ、花田関連の書籍に付けられて解説をしらみつぶしに調べて見ても、昭和二十三年か翌二十四年に「この年日本共産党に入党（推定）」と記されていて、たった一年の誤差が目立つばかりという状態なのだ。わずか一年の違いなのだから、目くじらを立てる必要はないのかもしれないが、この戦後の混乱期は、これまで述べてきたように花田の生涯の中でもっともエネルギーを費やした時期であり、目まぐるしい動きの中での一年の違いは大きいと言わねばならないだろう。

私のような単なる〝花田ファン〟としては、この辺が妙に気になる。自分のことしか考えず、汲々としているような他の〝進歩的文化人〟のことならともかく、花田の動きぐらいは正確に知りたいというのが偽らざる気持ちなのである。

ところが現実には、執拗に花田清輝を追いかけている小川徹でさえ「昭和二十三年末には日本共産党に入党し（推定）、さらにその傘下にあった新日本文学会にも参加しており政治的活動に関心が移行する。入党の年月日は明らかでない」（「花田清輝の生涯」）と、詳細については白旗を掲げてしまった。この記述のなかに「政治的活動に関心が移行する」とあるのは、大いに不満であり、前章で述べたような周辺の諸事情を考えて「日本共産党にまで本当のアヴァンギャルド精神を理解させ、利用しようと企んだに決まっている」といってほしかったと思うのは、無理だろうか。

しかし、さすがに小川徹は、それよりもっと早い時期に花田が赤木健介に日本共産党への入党を希望していた、という話を紹介しているところは〝しぶとい〟と評価しなければなるまい。

「これは内緒の話ですが、彼が共産党に入りたいといいだした。僕に推薦人なってくれというので、なってもいいよといい、入党申し入れ書を渡したら自分の名前以外何も書いていない。それでいいんだというんです。その後、共産党を非難する文学者のなかに署名して以来、つき合いがなくなった。しかし、ぼくにとっては、なつかしい人であった」（「花田清輝の生涯」）

これは小川徹に取材された折の赤木健介のコメントだが、この申込書によって花田が入党したのかどうかは判然としない。おそらく、赤木が花田に入党申込書を手渡したことは事実にしても、それを赤木が党に提出し、〝許可〟が下りたという形の入党ではなかったろう。なぜなら、それから十年近く後に花田本人がとぼけたような調子で雑誌「群像」に次のような一文を発表していることを、小川徹は付け加えているからだ。

花田清輝本人が語る入党の経緯

「正直なところ、わたしは、すっかり、青山敏夫という名前さえ忘れていた。しかし、かれの顔を見るや否や、ああ、あいつか、とさっそくわたしはおもいだした。数年前、かれは、わたしが岡本太郎と二人で本郷の本堂で、アヴァンギャルド芸術の研究会をひらいているところへやってきて、わたしを近所の喫茶店へ誘いだし、しっこく共産党への入党をすすめ、その場で承諾をえるや否や、一丁あがり、といったような顔つきをして、得々として出て行った」（「ふにくり・ふにくら」）

つまり、赤木健介に頼んで入党したのではなく、党本部文化部の青山敏夫に口説かれてOKの返事をしたということらしい。そして、その時期は花田が岡本太郎と本郷の寺でアヴァンギャルド芸術研究会を盛んに開いているときだというのだから、昭和二十三年と見るのが順当だろう。

ところが当時、もっとも花田の身近にいて、その動向を把握していると見られる武井昭夫は「芸術運動家としての花田清輝」の中で、花田の入党は昭和二十四年だとはっきり証言する。

「花田さんが日本共産党に入党するのは、一九四九年で入党推薦者は青山敏夫という人です。（中略）青山敏夫氏は牧瀬恒二、増山太助といったひとたちとともに、徳田球一を室長とする主流派閥の文化オルグ・グループを形成していました。日本民主主義文化連盟の機関紙「文化タイムズ」などを中心に活動が行われていたようで、旧ナップ系に比して、一時代若い人々が担っていました」

となると、小川徹には申し訳ないが、武井昭夫の証言の方が正しいようにも思える。

たしかに「夜の会」が発足するとすぐ、アヴァンギャルド芸術研究会と称して、東京・本郷の喜福寺で講演会や作品批評会がしばしば行われていたのは昭和二十三年からだが、その翌年、東京大学の学生グループ「世紀」と合流してからも、この活動は続けられていたはずだから、二十四年だと見ても少しも不思議はない。推薦者の違いと入党時期の違いは、小川徹が推定しているのに対し、武井昭夫は断定しているという違いだけなのだろうか。

と、ここまで追いかけてみても、花田清輝の日本共産党への入党時期は〃一年の誤差〃のままなのである。最も頼りになるはずの関根弘ぐらいは、正確な入党年月日ぐらい記録しておいてくれているかもしれないと「花田清輝・二十世紀の孤独者」を隅から隅まで舐めるように読んでみても、その記述は見られない。

もっとも肝心の花田ご本人は、年譜のことなど「ワカラントコロがあるほうがいい」わけで、入党が昭和二十何年であろうが何であろうがお構いなしなのだから、とにかく入党の時期も経緯もはっきり分からないところが、いかにも〃わが花田清輝〃らしいと言っておこう。

党のアヴァンギャルド芸術認識

そんなわけで、まあ、こんなことはどうでもいい、と私も思うようになってきた。しかし、先に引用した「ふにくり・ふにくら」の文章を読むと、共産党文化部の青山敏夫という人物が花田の入党を勧誘したことになっているが、共産党がそれほど花田を欲しがっていたとも、花田が入党を切望していたとも思えない内容ではないか。続けて花田はこう書いている。

「その翌月のどこかの雑誌に、花田の入党は、党がアヴァンギャルド芸術を認めたということにはならない、といったような意味のことを書いた彼の評論が出ているのをみて、コンチクショウとおもったこともおぼえている。いったい党は、アヴァンギャルド芸術がどういうものであるかを知っているのであろうか」

要するに青山敏夫は花田の入党を熱心に勧誘しておきながら、花田を誹謗しているような論文を書き、花田は花田で、赤木健介が語るように日本共産党を批判するような状態のまま〝入党〟してしまったとしか思えないのである。

そして、はっきり言えることは、マルキシズムについての学習は、日本共産党の誰よりも花田の方がはるかに研鑽を積んでいるという事実だろう。七高時代からはじまって、九大の聴講生時代、京大時代を通じて、花田が身に着けた学習は、当時の日本共産党のすべての党員の比ではなかったし、妻・トキをはじめとする交流した豊富な人材を通して実感した生きた学習も官僚的な党員たちが逆立ちしても及ぶところではなかった。

二、新日本文学会への参加

一方的に来た入会の許可

新日本文学会への参加の方は、入党とは違ってはっきりしている。年月日が分かるわけではないが、武井昭夫が入党のときと同じく断定的に、

「花田さんは、日本共産党への入党より先の、敗戦の翌年の十月には、新日本文学会には入会しています」(「芸術運動家としての花田清輝」)

と証言しているから、まず間違いはなかろう。また「新日本文学」終刊直前の２００４年１・２月合併号でも「特集花田清輝と長谷川四郎」の中で、小沢信夫が、

「花田清輝は一九四六年(昭和二十一年)に新日本文学会に入会した。一方的に、入会を許可する、という通知が来たのだという。そんな高飛車な時代が新日本文学会にもあったわけだ。この人

卑屈よりも高飛車が好き。つい気を惹かれたのだろう」

と書いているから、微笑ましくなってしまう。まずは〝お墨付き〟があるといってもいい。

いずれにしても新日本文学会への入会は、日本共産党に入党するときのような推薦者や面倒な手続きの必要はなかったらしい。この時期から十数年後、花田清輝ご本人も、その当時のことを、やや皮肉っぽい調子で、小沢信男の文章を裏書きしている。

「新日本文学会には、べつだん、こちらが入会を希望したわけでもないのに、突然、入会を許可するというひどく官僚的な葉書がきたので、すっかりうれしくなって、戦後まもないころから会員になりました」（「戦後の幻影」）

要するに花田の新日本文学会への入会は、入党より二、三年早かったことだけは確かだ。

キラ星のような党員会員の中の花田

改めて説明するまでもないだろうが、新日本文学会は日本敗戦の年の十二月に創立された文学者団体であり、当初、旧プロレタリア文学運動に関わっていた作家や評論家が主流であったため、その大半が日本共産党の党員でもあった。

それでも、プロレタリア文学の理論的指導者でもあった蔵原惟人をはじめ、筋金入りの重鎮・中野重治、そして新日本文学会のスローガン「新しい歌声よ、おこれ！」の象徴的存在・宮本百合子を中心に、労働者出身の野間宏など、キラ星のようなスターを先頭に展開される〝新しい文学運動〟は、まさに新生日本の文学界を背負って立つ拠点として、輝いていたのである。

しかし、最初は志賀直哉や野上弥生子などの〝巨匠〟たちも賛助会員に名を連ね、プロレタリア文学を超えた広範囲の文学運動として期待されたが、筋金入りの〝党員〟たちに囲まれ、主導される運動には、やはり根本的な限界があった。これは良い、悪いの問題ではない。それは「文学」か「政治」かの問題であり、もっと言えば、究極的に「自由」の問題なのである。

だから当然、まだ党員でなかった花田は存在感の薄い会員であり、新日本文学会という組織の中では〝鳴かず飛ばず〟の状態の数年間を余儀なくされていたに違いない。事実上、日本共産党の〝傘下〟にあった当時の新日本文学会としては、右翼なのか、左翼なのか、アナーキストなのか、はたまたマルキストなのか、訳の分からないような花田清輝の存在など問題にされることもなかったろう。つまり誤解を恐れずに言えば〝文学より政治が上〟の組織だったのである。

しかし、そんなことは花田にとっては、馬鹿馬鹿しいことであり、いちいちかまっていられるほど暇ではなかった。前章までに詳述したように、彼は真善美社の運営と「夜の会」の立ち上げと「近代文学」や「未来の会」への同人参加など、息をつく暇がないほどの活動を続けていたからだ。

古いタイプの九州男児マル出し

少し話が横道にそれるが、花田の戦後の最初の拠点である真善美社の運営と、それにつづく綜合文化協会の機関紙「綜合文化」を月刊で出し続ける苦労は、何度言っても想像を絶するほどの内容を持っている。小川徹が中野達彦に語らせている「綜合文化」発行の苦闘は、一人花田が背負っていたと言っても過言ではない。

「一番売れたときで一万五千部、終わりの頃は三、四千部でした。部数を少なくする代わりに厚くしようとして「人間」なんかと張り合ったりしても限度がありました。在庫は八百万円分くらいあり、倉庫に山積みになりまして、花田さんが『そんなに売れないという君らが一つずつリュックサックを背負っていって売れば売れるんだ』なんて言ってました」（「花田清輝の生涯」）

花田清輝が厳しく経営者に檄を飛ばし、安部公房が原稿料を支払ってもらえないのに同情して、妻・トキを使って画策したり、編集の手が足りないと関根弘を補充したり、社員に給料を払えなくなるほどまでに追い込まれると「オレの顧問料はいらない。ココアを飲ませてくれるだけでいい」といったというような話まで中野達彦は語っているが、ついにはヒロポンまで飲みながら金になる原稿を徹夜で書きまくって真善美社を支援するような人間は、いつの世でも何処を探してもいないだろう。

こんな状況にありながらも、花田は決して対外的には真善美社の内情について愚痴をこぼすようなことはしなかった。次の文章などを読むと、彼が自分に付けたがる〝インパーソナル〟のレッテルとは裏腹に、素顔は〝古いタイプの九州男児〟であることが分かる。

「真善美社は、社員もろともぐんぐん成長していった。そして本郷にビルを買って溜池のバラックから移転していった。もはや私の督戦の必要はなかった」（「風景について」）

――話が横道にそれ過ぎてしまっている感じがするし、また前章のおさらいをしても意味がないが、つまり、この時期、新日本文学会に入会していても、花田がこの組織の中で腕を振るうなどという暇はなかったということは、誰にでも容易に理解できるはずだ。

大きな可能性を見つめる〝眼〟

しかし、花田の抱く壮大な構想の中では、新日本文学会は欠かすことのできない大きな対象だった。言って見れば、花田がやろうとしていたことは、新日本文学会が当初掲げていた新しい日本の文学者たちをすべて糾合し、発展させようとする姿勢と同じものであり、いささかも異なるところはないからである。「新しい歌声よ、おこれ！」という純粋な叫びと花田の複雑な「アヴァンギャルド革命」とは、同一に思わなくてはなるまい。

ただし、日本共産党が占領軍を〝解放軍〟と見る認識の甘さに失望する花田の眼には、新日本文学会の〝甘さ〟が見てはいられないほどの〝愚かさ〟に映る。花田にとっては、少しは歯ごたえのある「近代文学」、そして共振する岡本太郎との「夜の会」、異なる視点の「未来の会」との連携の方が先決だった。そして何よりも足元の真善美社の苦境を救わなければならない日常に忙殺されていたのである。そして、花田のこの誠実、この必死の活動を理解する人材は皆無だった。

しかし、花田が唯一人、新日本文学会に大きな可能性を見つめていたことは、冒頭に掲げた「プロレタリア文学批判をめぐって」の一文からも明らかである。確かに、戦前までのプロレタリア文学と呼ばれる作品には、稚拙極まるものが多かったが、

「日本および日本人のすがたが、階級的な観点から、もっともするどくとらえられているのはプロレタリア文学だけであって、その他の昭和文学は、それと対立する意味のブルジョア文学であり、戦後文学もまた、その例外ではない」

と言い切っているところに、わが花田清輝の鋭い独特の視点があると言えよう。

もちろん「だからといって、わたしは、日本共産党の三一テーゼを支持し、いきなりプロレタリア革命の実現をねがうものではない」という注釈付きのものだが、花田は政治の観点からではなく、

文学の観点からプロレタリア文学にブルジョア文学にはない可能性への期待を抱いていたのである。具体的に言えば、中野重治や大西巨人、田中英光、安部公房などへの期待だろう。ここに彼の正しい文芸評論家・編集者・芸術運動家としての真正の〝眼〟があった。

瞠目される驚異的な作品群

真善美社のアプレゲール叢書では、加藤周一、福永武彦、中村真一郎などに熱烈な賛辞を送っていた花田だったが、それは本音であっても、叢書を売るための宣伝コピーであり、決してすべてに満足していたわけではない。本当の〝人間を描く〟ためには、プロレタリア文学の〝眼〟が必要であることも、花田は渇望していたと言っていいかもしれない。

そう言う意味では、当初、新日本文学会の中で〝鳴かず飛ばず〟でいるかに見えた花田清輝は、虎視眈々と自分の勢力を伸ばす機会を狙っていたという見方も出来よう。そして、否が応でも花田の活動や発言から、その真価を知って敬服する人材が少しずつでも増えてくるのは必然でもある。だから、花田清輝が昭和二十七年七月「新日本文学」の編集長に選任されたことは、むしろ当然のなりゆきだった。

また、花田がここに至るまでに、自分の執筆活動にも手を抜いていないことに注目しなければなるまい。新日本文学に入会した翌二十二年には「類人猿の知恵実験」（東京新聞）、「笑う男」（文芸）、「イワンの馬鹿」（近代文学）、「二十世紀における芸術家の宿命」（新小説）、「砂の悪魔」（近代文学）、「砂漠について」（思索）、「椎名麟三論」（新小説）、二十三年には「わたし」（近代文学）、「荷風の横顔」（人間）、「愛と憎しみとの戯れ」（風雪）、「匿名の精神」（共同通信）、「絶望の論理」（光）、「二つの世界」（近代文学）、「作家と予言者」（表現）、「地獄の周辺」（群像）、「罪と罰」（社会）など、瞠目すべき作品群が発表されつづけている。

三、「新日本文学」編集長就任の軌跡

日本共産党内部分裂と抗争

花田清輝が「新日本文学」の編集長に就任したときは、日本共産党も新日本文学会も大きな苦難に直面していた。言うまでもなく、占領軍を解放軍と規定し、平和革命路線を取った日本共産党は、昭和二十五年、コミンフォルム批判によって所感派、国際派などに内部分裂し、党内は渾沌とした状態に陥っていたのである。

ここであえて日本共産党の歴史をひもとくつもりはないが、レッドパージによって主流を占めて

いた徳田球一、野坂参三、志田重男、伊藤律らの所感派は、日本国内での指導を放棄して中国に亡命し、北京から指令を発して山村工作隊、中核自衛隊などの武闘闘争を展開してゆく。

そして、政治に関心の強い人たちなら、誰でもご存知のように、この作戦が破壊活動防止法によって〝鎮圧〟されてゆくなか、最高幹部・徳田球一の急死によって「所感派」の勢いは弱まり、しだいに党は「国際派」の宮本顕治が握るようになっていった。

当然のことながら、この党の〝傘下〟にあった新日本文学会も大揺れに揺れる。最初の頃は広範な日本の作家たちを糾合し、結集できる可能性を持っている活動にも大きな翳りが拡大していくのも当然だろう。切り詰めて言えば〝文学〟より〝政治〟を優先する弊害によって分裂・抗争に翻弄される道を歩まなければならない。中でも象徴的な出来事は、昭和二十五年「人民文学」が「新日本文学」に対抗して創刊されたことだろう。

「人民文学」創刊の内幕

昭和二十四年ぐらいから、宮本百合子のアピールや作品に対して徳田球一や西沢隆次（ぬやまひろし）ら所感派の批判が高まり、徳永直、栗栖継などによる「新日本文学」の方向性批判に端を発して、同じ新日本文学会の内部に、二つの〝民主主義文学〟を標榜する雑誌が発行されるという不思議は、明らかに党の内部の分裂抗争に他ならなかった。

この「人民文学」が、いわゆる所感派の流れによるものであることは言うまでもないが、江馬修、豊田正子、藤森成吉、島田政雄らを中心メンバーとする新雑誌には、野間宏、岩上順一、安部公房なども執筆しているから、分裂、抗争という面からだけではなく「新日本文学」と「人民文学」という二つが切磋琢磨し合う存在として眺めてみる必要もあるような気がする。

五年間続いた「人民文学」の歴代編集長の顔ぶれを見ても、江馬修、赤木健介、廣末保なのだから、私は詳しいことは知らないが、まことに清廉潔白、民主主義文学のコーディネーターとしてふさわしい人物だと思っているが、どうなのだろうか。いや、そういう立派な人たちであるからこそ、政治がらみの対応は、難しかったのであろうか。

現実はそんな生易しいものではない。「新日本文学」を大量に注文しながら、購入料金を支払わず、その雑誌を燃やしてしまった地域があったという穏やかでない騒動が語り草として残されているから、お話にならない〝抗争〟があったことは事実だろう。

もともとは宮本百合子の作品が小市民的であるという文学上の批判であるのだから、お互いが徹定的に作品上で戦うべきなのに、政治やイデオロギーが絡むとろくでもないことになるのは自明のことだった。問題はあくまで文学上の問題ではなく、日本共産党が引きずっていた「50年問題」が産んだ党内の派閥争いが原因なのである。

私は不明にも50年問題も、世に名高い六全協についても詳しい内容も知らない。わずかに柴田翔の芥川受賞作「されどわれらが日々」を読んで感動し、その現実が如何に当時の純粋な若者たちに切実なものであったかを理解する程度だから、それについてとやかく言う資格も力もないが、いずれにしても、この「人民文学」も徳田球一の急死によって衰退して行く運命をたどったのだった。

ズバ抜けて光る花田清輝の力量

花田清輝が「新日本文学」の編集長になったときは、このように日本共産党の実権が所感派から国際派へ移る過渡期であり、新日本文学会は「人民文学」との〝抗争〟の渦中である。

まだ私が中学生の時代で、花田の「は」の字も知らない頃だが、下火になったとはいうものの日本共産党の火炎瓶闘争など、武闘路線は続けられていて、新聞やラジオで報道されていた記憶が残っているから、まずは大変な時代に花田は大変な組織の中核スタッフになったのだった。このあたりのことは、当時を内部から見詰めてきた武井昭夫に厳しく裁断してもらおう。

「党本部の文化部が文学運動の現場を握っている新日本文学会の活動と対抗する形で党員を組織していく――これがもっとも悪しき『政治と文学――政治の優位性』の実践といわねばならないで

しょう。（中略）ぼんくらな政党官僚が文化・文学の現場に介入したり、勝手な指揮棒を振るうことはないのです」（「私の戦後――運動から未来を見る」）

この過激な言葉は、これまでの経緯から解釈してしまうと、日本共産党の徳田球一らの所感派に対する批判と受け取られそうだが、そうではない。やがて実権を握る国際派・宮本顕治にも同様のことが言えるのであり、以後、政治と文学を語る場合の根本的な指針とすべきものだろう。

とにかく、これがわが花田清輝の「新日本文学」編集長に就任した折の背景である。

ヨッ、待ってました！　大統領！　と叫びたいところだが、このドロ沼のような状況を知れば、本当のところは「ホンマ、大丈夫かいな。何でまた苦労せなならんのや」と心配するのがファンというものだ。結果は見えているがな！　やめてんか！

しかし、ここでふざけるのはやめよう。この未曽有の難局で、花田がどのような腕を振るったか、という正念場を茶化してしまっては、罰が当たるというものだろう。

「新日本文学」の歴代編集長は、蔵原惟人、壷井繁治、窪川鶴次郎、中野重治、小田切秀雄、久保田正文、中島健蔵、野間宏、針生一郎、田所泉、久保覚、鎌田慧など、錚々たる人々であり、いずれも個性豊かな誌面を作り上げた優秀な編集者だったと言わねばならないが、冷静に見て、花田清輝編集長と比較するなら、彼を超える人はいなかった。

新人作家・評論家が続々と登場

これは恥ずかしながら花田エピゴーネンの私の贔屓の引き倒しではなく、おそらく、新日本文学編集長を体験したお歴々に聞いても同じ答えが返ってくるに違いない。それでもなお異論のある人がいるかもしれない、と思う人がいたら「新日本文学」の縮刷版が電子図書で出ているから、他の編集長時代のものと比較してもらうと一目瞭然といっても過言ではない。

昭和二十七年七月号から二十九年九月号まで、二年二カ月二十六冊。これを実際に見て「これは、すごい！」と思わぬ人がいたとしたら、これは編集というものを知らない人である。私のような花田のベタ惚れのファンが言うことは信用できないなら、武井昭夫に代弁してもらおう。

「表紙をはじめ、ずいぶん変わりました。作家では大西巨人さんの登場、島尾敏雄、竹田敏行、富士正晴、まだ学生だった小沢信男、それにたくさんの労働者作家が書いています。いちばん目立つのは若手文学者の執筆です。（中略）毎号のように徐々に新しい人が入っているわけです。当時の若い批評家が網羅されている趣があります」（「芸術運動家としての花田清輝」）

雑誌の顔ともいうべき表紙を斬新なものにしたことはもちろん、雑誌編集の生命線とでもいうべき執筆陣をバラエティーあるものにしてゆく手腕は、花田の場合、鍛えに鍛えた腕の見せどころだった。中野正剛の東方会・機関誌「東大陸」から始まって「文化組織」、「真善美」、「綜合文化」

と続く雑誌編集の経験は、この「新日本文学」でさらに花開いたともいえるだろう。

発行部数も三千部から一万部へ

それまでの「新日本文学」は、だいたい三千部刷って千部売れるという程度の文芸誌としては、お世辞にも大きな影響力を与える雑誌というには、ほど遠いものでしかなかったが、花田は一挙に一万部発行するという快挙を成し遂げたことも、高く評価されなくてはならない。

この「新潮」、「群像」、「文学界」などの老舗ともいうべき文芸誌世界の一角に斬り込み、新しい読者を獲得していく勢いと実績は、花田清輝でなければとうてい出来ない芸当だった。それを支えているのは、何よりも花田が持つ豊かな企画力であり、実行力である。

特集主義と座談会を多用するのもその一つで、これが読者拡張に結び付く。文学愛好家に結核で療養中の人が多いと見ると、「療養者と文学」という特集を組む。座談会では自分で司会するのが常で、日本共産党ばかりではなく、社会党、労農党の政治家を招いて、政治を論ずるのではなく、文学を語らせるという逆転の発想で読者を惹きつけるというテクニックも使う。とにかく誌面を見る限り、花田清輝は隅々まで輝いていた。

ヨッ、名編集長！　花田大明神！　と、また調子に乗って叫びたくなるが、抑えて、抑えて。また、武井昭夫に苦言を交えた花田編集長への讃辞を付け加えておこう。

「ページ数も倍ぐらいに増ページをし、広告を出して宣伝もした。お金もかかった。（中略）活気は出たが、非常な赤字が出ました。どうしたかというと、基金組合というのを委員で作って赤字を埋めたりしました。（中略）金食い虫みたいな花田さん、財政部、事業部を担当した大西さん、秋山さんの奮闘も忘れることは出来ません」（「芸術運動家としての花田清輝」）

武井昭夫でさえ手放しに紙面の充実や販売部数増を喜べないほど、花田は潤沢でない制作予算を無視して、惜しみなくどしどし金を注ぎこむ編集長でもあったのである。

四、編集長罷免と「新日本文学」

宮本顕治が長篇論文の掲載を強要

こともあろうに、この花田清輝が「新日本文学」編集長を解任されたのは、昭和二十九年七月のことである。こんな名編集長が罷免解任されるなどということがあっていいものだろうか。

この暴挙とでもいった出来事は、党の実権をほぼ握りつつあった宮本顕治が新日本文学会の新しい組織方針批判の長篇論文を書いて、これを全文「新日本文学」に掲載しろと指示して来たことから始まった。

複雑極まることと言うより、むしろ恥知らずと言った方がいい、このあたりの状況を、やはり武井昭夫に解説してもらうのが順当だろう。

「宮本顕治が一会員であっても何もしない、びた一文カンパしたこともない会員が一文学会の運動や活動に口を出してきた。六全協の直前で分裂していた指導部門で統一が決まりかけていて、徳田派の極左冒険主義が行き詰まってきて、国際派の宮本氏が力を獲得してきた。そして文学運動上は、何の解決もついていないのに『人民文学』の人たちを新日本文学会にそのまま戻せ、そのために、いままで頑張って来たうるさい連中はじゃまだ、ぐずぐずいったら追い出そうというわけです」（「芸術運動家としての花田清輝」）

少し武井昭夫は興奮しすぎているようだが、言っていることには間違いはない。

つまり、花田編集長によってようやく「新日本文学」が〝政治優位〟から抜け出そうという環境が整ってきたのに、そして徳田球一よりは宮本顕治にシンパシーを感じていた文学者が多かったはずなのに、権力を握ると同じように〝文学へ介入〟してくる姿勢を怒っているのである。いつも冷静なはずである彼が舌足らずになってしまう気持ちはよく分かろうというものだ。

宮本顕治の傲慢な介入は、まず、大西巨人に向けられたものから始まった。その評論活動をセクト主義と批判し、すでに何回か両者の間で論争が繰り返されていたが、やがて宮本は、その脈絡から新日本文学会の運営そのものを批判するようになる。

「党の言うとおりにならない自立した運動体になることを恐れたのでしょう。（中略）組織と実際を知らぬままに、これらについて屁理屈を長々と書き連ねて、これを機関誌「新日本文学」に全部載せろと言ってきました。（中略）編集委員会は全員でこれを回し読みし、掲載に値しないというのが大多数の意見でした。（中略）ところが本人は全文をのせろと言ってきかない」（「私の戦後――運動から未来を見る」）

もうほとんど武井昭夫は激怒している。確かに全学連初代委員長であり「新日本文学」で花田に可愛がられていた常勤編集者だった彼としては、憤懣やるかたないところだろう。

花田編集長の冷静な大人の対応

このとき、わが花田清輝はどのように宮本顕治に対応したのだろうか――。

花田はそのとき、武井昭夫のように怒りはしなかった。もちろん、腹の底では「コンチクショー」と思ったかもしれないが、淡々として大人の対応をしたのである。どうしたかというと、編集部内部の総意として「長すぎるので、短くしてほしい」と、丁重に原稿を返したのだ。そして宮本顕治もそれを受け入れ、長すぎる論文を短くせざるをえなかった。

　仮にも日本共産党という政党の最高実力者に対して、原稿を没にするほどの非礼はしない。しかし、無礼な介入に対して屈服し、そのまま全文を掲載するというわけでもない。花田は宮本顕治も新日本文学会の一会員であることを尊重し、過不足ない〝大人の対応〟をしたのである。後に宮本顕治を非難する部下たちに対しても、少し短く書き直した宮本を「彼も立派だった」と褒めたというから、人間の出来が違うということか。

　このあたりのやりとりも佐多稲子や武井昭夫などの証言がいくつもあって、この場面だけでも一つの章が書けそうであり、花田を褒めあげたいところだが、そんなことはどうでもいい。武井昭夫の怒りの方の勢いに乗って、宮本顕治がこともあろうに〝花田編集長解任の暴挙〟までやってのける一幕まで突っ走ろう。

「載せるか、載せないか、採決しろということで結局、常任委員会で――だったと私は思いますが――採決して、一口で言えば、共産党員が載せる、共産党にもどっていない共産主義者とリベラリストが載せないという意見で五対五になった。そのとき議長役をしていた書記長の中野（重治）さんが載せることにし、同時に花田さんを編集長から罷免することに決定した」（「運動家としての花田清輝」）

編集長解任の席に花田はいなかった

このときの常任委員会に花田清輝は出席していない。続けて武井昭夫は「花田さんはそのときには、このことが議題になることを知っていて出席しなかった。もし、花田さんが出席していれば、決定は変わっていたでしょう」と口惜しがるのだが、私はご本人は、むしろ結果を見通していて、清々したような気分でいたに違いないと思う。

「こんな事態を出来させる状況はなくなるわけではない。たぶん、そう考えて花田さんは出なかったんです」(同)と武井昭夫は類推するが、この常任委員会の花田の欠席は、花田が好むと好まざるとに関わらず、自分の中に〝核〟としてある古武士のような一面を感じさせないだろうか。そして小川徹のように深読みをするならば、編集長を辞めるのにちょうどいい潮時だ、と考えていたような気がしてならないのである。

いずれにしても、どの角度から眺めても、この編集長罷免の事実は宮本顕治の汚点だろう。かつて「改造」の懸賞論文に応募し「『敗北』の時代」で、小林秀雄の、あの「さまざまなる意匠」をはねのけて栄冠に輝いた宮本顕治の、気鋭の文学者としての面影は片鱗もなく、醜い権力者の素顔がうかがえるばかりだ。それに引き換え、花田清輝は、文学・芸術の上で、数えきれないほどの収穫を「新日本文学」を足場に得たと言わねばなるまい。

不屈の意思を貫き通す姿勢

どのような収穫があったというのだろう。花田が得たものは、本当にあったのだろうか。

冷静に功利的な計算からでなく「生涯を賭けてただ一つの歌を――。」と積み重ね続ける彼の生き方から見れば「新日本文学」の編集長の就任も罷免も、ただ一つの通過点にしかすぎない。「それははたして愚劣なことであろうか」という花田の叫びが聞こえるような気がする。

これまで足場にしてきた「綜合文化」や「近代文学」や「夜の会」では体験できなかった現実の〝政治〟が支配する環境の中で、彼がさらに多くの〝同志〟を、あるいは理解者を糾合できたというのが最大の〝収穫〟だろうが、花田清輝はここでも〝百戦戦って百戦負く〟を演じてみせたのだから、私は涙を呑んで拍手を送る以外手はない。

花田はこの自分の新日本文学編集長解任、罷免について、一言も抗議も弁解もする気配さえ見せなかった。一つの雑誌を作り上げる苦労など、彼にとっては愚痴をこぼすほどのものではなく、常に身を粉にして、同志に金銭の苦労をかけても当たり前ぐらいの精神で強行突破し続けてきたのである。クビだって？　それがどうした！　やはり素晴らしい。素晴らしい。

この花田の不変の姿勢は、これまで飽くことなく繰り返されてきた魯迅の「故事新編」の中にある「眉間尺」の一篇の〝首が飛んでも動いて見せるわ〟という、これまた不屈の意思を示すものに他ならなかった。こんなことぐらい屁の河童なのである。

新しく生まれ変わった「新日本文学」

小川徹は「花田清輝の生涯」の中で、埴谷雄高にインタビューし、この当時の花田清輝について長々と語らせているが、その中に花田が目指したものの核心を突く指摘がある。

「まあ、花田君のなかにはマルキシズムがあって、単なるマルキシズムでなく、マルキシズムとアヴァンギャルドを総合してアウフヘーベンしたものであるけど、とにかくマルキシズムというものが車の一輪としてあるわけです。（中略）花田君の理想はマルキシズムとアヴァンギャルドを総合して、その上に立って、もう一つ前に出ようという立場ですから」

この埴谷の言葉は「近代文学」と花田との論争について語っているのだが「新日本文学」に置き換えても少しの不思議もなく、かえってぴったり合うような感じだと言えよう。花田は常に日本の文学・芸術を綜合し、前進することをだけを願っていたのである。

そして、その精神を支えていたのは、表面的には傲岸不遜のように見える実行力とは裏腹の優しく誠実で謙虚な抑制であることに気付く人は少ない。

彼をよく知る人々の間で語り草になっているエピソードの一つに「新日本文学」編集長時代、花田が匿名批評以外、文芸雑誌の原稿依頼は断り、映画、美術雑誌だけに執筆したという事実があるが、このようなストイックな自己規制を課す彼の姿勢に、心ある文学者であれば、心酔するのは当然のことだろう。花田は本気で編集者に徹していたのである。

——花田編集長解任によって、武井昭夫をはじめとする当時の事務局活動家のほとんどが抗議辞職する。さらば、日本共産党、さらば、宮本顕治。

そして「新日本文学」は、以後の風雪に耐えて平成五年まで活動を続けたが、昭和が終わる以前に、日本共産党の〝傘下〟の文学団体ではなく、逆に〝対立〟する存在にさえなっていた。さらに、花田清輝は、解任直後から中野重治の依頼を受けて、封印していた文芸時評を書きまくり〝首が飛んでも動いて見せるわ〟を実践していたのである。

第十章　無敵の必敗精神を貫く論争

二重否定を利かしたカーブをいつも投げる

（桑原武夫）

わたしは、アヴァンギャルド芸術を、レアリスムの一環として——内的なレアリスムとしてとらえている。したがって、具体的なものは、事実上の出発点であり、直観や観念の出発点であるとはいえ、思考上では、それは包括の過程として、結果としてあらわれるが、出発点としてはあらわれない、というレアリスムの公式は、当然、アヴァンギャルド芸術にたいしても適用されていいものだと信じている。

（「回帰運動」）

一、痛快無比のゴロツキ論争

水を得た魚の感じがする文芸時評

「新日本文学」の編集長を解任されてからの花田清輝は、案の定というべきか、むしろ水を得た魚のように生き生きとしいていた。

おそらく、それまでの悪戦苦闘としか言いようのない彼の〝闘争人生〟の中で、ある意味では最も輝いていた時期であったと言っていいかもしれない。昭和二十九年七月に「新日本文学」編集長を解任されるとすぐに「アヴァンギャルド芸術」を未来社から刊行。「ユーモレスク」から始まる二十三篇の痛快極まる〝論考〟を武器に、無敵の進軍を開始するからである。それはもう、当たるを幸いなぎ倒すとでもいった感じの勢いだった。

編集長時代には匿名批評以外、文芸雑誌からの原稿を断り、映画、美術だけに執筆するという姿勢を貫いた花田清輝が〝封印〟していた文芸評論も大っぴらに出来るようになったのだから、本来の姿勢に戻ったということも出来るが「文芸」「群像」「新潮」「文学界」などのメジャー文芸雑誌から、自らが発展させ、編集長を解任されたばっかりの「新日本文学」も主要な舞台にして論陣を張る姿は、ファンならずとも惚れ惚れするほかはないだろう。

花田を編集長解任に追い込んだのは宮本顕治だが、実際に解任を決定したのは中野重治である。その中野が花田に「新日本文学」の文芸時評欄を依頼し、戦後の文学界に〝論争ブーム〟を演出するという一見、奇妙に思える現象は、花田と中野の〝阿吽の呼吸〟を感じさせ、編集長の解任劇は、宮本顕治の強引な権力の行使によるものではなく、むしろ、二人が仕組んだ慎重でしたたかな既定路線ではなかったか、と勘繰りたくもなる。いずれにしても、昭和二十九年の夏から三十年代前半を賑わせた論争の数々は、花田清輝が主役であり、その〝武器〟は花田の「アヴァンギャルド芸術」だったといっていい。

快刀乱麻を断つような筆の冴え

何とこの「アヴァンギャルド芸術」は、この年のベストセラーの一つに数えられるほどの売れ行きを示し、恥ずかしながら花田清輝もメジャー入りすることになったしまったのだからたまらない。喜ぶべきことなのだろうが、何だか不名誉なことのように思ってしまう私は、ようやく〝大衆〟もこの時期になると、花田清輝に注目するようになったのだろうと、複雑な思いで納得することにしている。

もっとも当時、私はまだ高校生で堀辰雄や阿部知二などに入れあげていた頃だから、何の関心も抱かないどころか、彼の名前さえ知らない時期であり、何が起こっていても恥ずかしがる必要もなかった。

しかし、いま、当時の活躍ぶりを眺めると、恥ずかしがるどころか「カッコいい」ったらありゃしない。花田大明神は、勢いに任せて当たるを幸いバッサ、バッサと〝お偉いさん〟たちや〝期待の新人〟の作品を容赦なく切り刻んで罵倒して行くのである。

その切れ味を堪能したいと思われる人には「アヴァンギャルド芸術」に続いて、やはり未来社から刊行された「さちゅりこん」をお薦めしよう。いずれも独壇場とでもいうべき明快な論旨で、その辺の快刀乱麻ぶりが満載されているが、中でも「シラミつぶしに」を読んでみるのが一番いい。本当に胸がすくというのは、このことだ。

丹羽文雄、曽野綾子、吉行淳之介も真っ青

ちょっとばかり、胃腸の調子がおかしい人でも、この花田の時評を読めば、ケロリと全快すること請け合いだ。なまじの胃散薬を飲むより効果的だろう。

丹羽文雄の小説「舞台界隈」を「いちばん、つまらんね。庶民の生態を描きながら、庶民の心のうごきというやつが、まるっきりわかっていない」と一刀両断したかと思えば、阿川弘之の「和菓子」や中里恒子の「女の顔」を「どちらも飛行機にのったのでおもいついたような作品」と一蹴し、有望な新人とされ、芥川賞候補にされていた時代の曽野綾子の「遠来の客たち」を「まあ才筆ではあるだろうね。しかし、それだけのもんだ」と片付け、同じペーペー時代の吉行淳之介の「驟雨」（たしか、芥川賞受賞作では？）に対しては「荷風を三枚にオロして、ホネとハラワタをとったような作品」とこき下ろしてしまう。誰も彼も花田清輝と聞けば震えあがってしまうような文芸時評が延々と続くからである。

もちろん、この辛口の文芸時評を快く思わない連中もいないわけではない。まず、最後の文士を気取っていた高見順が牙をむいた。「故舊忘れ得べき」「如何なる星の下に」の大作家である。この大先生の小説「湿原植物群落」に対して「題名だけはしゃれているが、胸のわるくなるような通俗小説」と花田が斬って捨てたのだから、カンカンに怒ったとしても無理はない。ついに売り言葉に買い言葉でやり合う事態にまで発展する。これが、その他大勢を巻き込む、世に「モラリスト論争」と呼ばれる〝大論戦〟の前哨戦となった。

最後の文士気どりの高見順も俗物呼ばわり

高見順も耐えに耐えていたのである。最初、花田が「シラミつぶしに」で挑発したときには「おい、おい、われわれはシラミかよ。ひどいことを言うねえ」という感じに余裕を持っていたが、再三のオチョクリに合って、ついに堪忍袋の緒が切れたとでも言ったらいいだろうか。高見もついに「群像」での伊藤整との対談の中で、花田を〝チンピラ・ゴロツキ〟呼ばわりするようになってしまうのだから恐ろしい。こうなれば、もう、シャッチョコ立ちをしても高見順は花田清輝にかなうわけはないだろう。一人ならともかく伊藤整まで巻き添えにして花田は余裕綽々、二人の背後に控える川端康成や永井荷風も見据えて「ゴロツキの弁」「反俗的俗物」などで完膚なきまでやっつけた。

「ゴロツキ気どりの紳士が二人、われわれのように紳士面をしているゴロツキこそ、ほんとうのゴロツキで、一見、それとわかるようなゴロツキは、チンピラ・ゴロツキにすぎない、とかなんとかいって、大いに肝胆相照らしているのをみて（中略）、どうもあんまり感心しないねえ。とくに女を食いものにしていた紳士面のほうの末路は悲惨だったな」

「正直なところわたしは、高見のようなゴロツキ気どりの紳士たちには、まったくあきあきしているのだ。かれらの御大《おんたい》は、むろん荷風老である。わたしは、これまで、その種の紳士たちを、反俗的俗物と呼び、かれらにたいしては俗物以下の待遇しかあたえてこなかった」

と、きたもんだ。真面目な読者も、きっと怒るだろうな。ゆかい、愉快、ユカイ！

ゴロツキ論争は、小手調べの前哨戦

ここまで徹底的にやられてしまうと、根が〝上品な紳士たち〟は、しどろもどろになってしまう。前近代的なモラルというか、近世的な封建思想というか、武士道と儒教が骨がらみになっているような真っ当で〝健全〟な尻尾を付けている限り、花田のアヴァンギャルド精神は理解できないのである。少し考えれば、花田が自分たちを全否定しているわけではなく、むしろ「せっかく、いいところを持っている素晴らしい先輩たちが、まだそんなところでウロウロしているのですか。困ったものだなあ」と、優しく嘆いていることぐらい分かりそうなものなのに、それがその頃の彼らの限界だった。いつの時代であっても、この構図は変わらない。花田はいつでも彼らの先の先を泳いでいる。

ここまでが〝ゴロツキ〟という言葉があまりにも印象的なので、ゴロツキ論争と呼ばれているが、これはすぐ後に来るモラリスト論争の前哨戦にしかすぎない。ボクシングの第一ラウンドのジャブの応酬のようなものであって、花田にとってはあまり多くを期待していない〝お遊び〟のようなやり取りだったことだろう。

いや、これは花田にとっては、高等なサービス精神として見るのが正解であるはずなのに、巻き添えにされた伊藤整にしても「女性に関する十二章」などでベストセラー作家のナンバーワン時代を過ごしていた時期だったから、きっと迷惑だったに違いない。

二、一刀両断するモラリスト論争

荒正人と山室静を血祭りにあげる

同様の趣旨で、次に花田が戦いを挑んだのは、佐々木基一を除く「近代文学」の同人たちだった。つまり〝大先輩たち〟から〝仲間たち〟に〝戦線〟を拡大したのである。これがゴロツキ論争から、もう少し本格的なモラリスト論争への展開だった。

こちらの方は、確かに多少歯ごたえがある。少なくともこちらには戦争責任の問題とか、マルキシズムの根底を問い直すような「近代文学」が追及した文学上の問題がベースになっているだけに、戦後文学の辿った道筋を総ざらいできるかもしれない。そして、この後に来る吉本隆明との〝大論争〟の〝前史〟としても大きな意味を持つものだろう。

まず、未来社の「花田清輝著作集」で言えば、「胆大小心録」に分類されている「日本における知識人の役割」と「モラリスト批判」を読んでみることだ。おそらく、花田の槍玉にあがった面々は、無防備でいた背後から鉛の弾をぶち込まれたような気分になったに違いない。

荒正人を「もはや三〇年代の『思想善導』教授といささかもえらぶところがない」とぶった切り、山室静を「どこにも精神の創意性らしいもののみとめられない原則論は、あまりにもバカバカしい」と切って捨て、異端者を気取っている埴谷雄高を「わたしに会うたびに対立を感じるというが、わたしはかれに会って、ただの一度も、対立を感じたことはない。なんとなくコマッシャクレた男だとおもっているが」と一蹴したのだった。

とくに原子力の平和利用を強調する荒正人や精神の物質に対する優位性を認めないマルクス主義を批判する山室静への舌鋒は鋭く、ともに「戦前十年の——一九三〇年代前後の知識人に不思議なほどよく似ていた」として「まんざら興味がないわけではないが」と断ってから「あまりにもバカバカしい」と切って捨てるところなど、胸がすく思いがする。

「近代文学」の仲間を総なめに断罪

この二人ばかりではない。高橋義孝を「頭の単純な先生」、「『権威』の追随主義者」と決めつけ、平野謙を「批評者として失格」と断罪し、小田切秀雄を「八頭身の美人になって点数をかせぐ」とからかい「近代文学」の同人仲間ほとんどをチャンチャンバラバラとやっつけてしまったのである。痛快極まりない独壇場だ。

徹底的にやっつけられた連中が怒り狂ったのも無理はない。何しろ〝仲良し〟であるはずの「近代文学」の〝お友達〟だと思っていた花田からクソミソにやっつけられたのだから感情的になってしまうのも当然だろう。彼らにとっては、いずれも時代をリードする気鋭の評論家であり大学教授である自負も面子も引き裂かれるような感じがするような花田の論調だった。

高橋義孝を〝頭の単純な先生〟などというのは、失礼極まる発言と言っていいが「ホメロスをよめるのかどうか知らないが」と小馬鹿にしてから「マルクスがホメロスを面白いといったのを、そのまま、ウのみにしているためか、ホメロスには不朽の価値があるにもかかわらず、上部構造が下部構造によって決定されるというマルクスの説は矛盾しているじゃないかといって、すっかり、マルクスの揚げ足を取ったつもりになっている」と、さらに馬鹿にしてしまうのも、読む者には思わず吹き出してしまいそうになるほど面白い。

平野謙を〝批評家として失格〟と決めつけるのも可哀想すぎると思われるが、例の宮本顕治の〝大論文〟を「新日本文学」に載せる載せないでモメたとき「編集委員の一人であった平野謙の態度にもっとも失望した。かれは、私にむかって、この原稿は、たいへん、つまらないとおもうけれども、まあ、今度はのっけることにしましょう、といった。つまらないとおもうなら、もう一度、非情冷酷に、かきなおさせたらいいじゃァないか。みずからの信念に殉ずることのできないような批評家はどんなに才能があろうとも、すでに批評家として失格しているといわねばならない」と「モラリスト批判」の中で暴露されてしまえば、納得できようというものだ。

身も蓋もない正攻法の仲間たちへの批判

しかし、読んでみればすぐ分かると思うが〝ゴロツキ論争〟と〝モラリスト論争〟とは同じ論旨が根底を貫いているものであるにせよ、書き方に決定的な違いがあることを見抜かなければならないだろう。

前者が東京新聞夕刊の人気コラム「大波小波」に類する戯文調であるのに比べ、後者は時々〝良識〟から逸脱する身も蓋もないような表現があるとは言うものの、花田清輝の正攻法とでも言った書き方である。永井荷風や高見順、伊藤整には、遠慮会釈なく木っ端微塵にやっつけるが、荒正人、山室静をはじめとする「近代文学」の同人仲間には手心を加えて、優しく諭すぐらいの思いやりがあったという見方も出来ないわけではない。

まあ、こんなことはどうでもいい。これらの〝論争〟は、先に述べたように、前近代的モラルというか、武士道と儒教をごっちゃにしたような真っ当で健全で上品な紳士たちに、花田が突き付けた「そんなところで安定するなよ。もっとやることがあるだろう」という警告と率直な怒りに対するバカバカしい騒動なのである。

花田に罵倒された人たちは「おお、よく言ってくれた。ありがとう」と喜べばいいのに、どうしてあんなにシャカリキになって反論するのだろう。花田は対象を憎んでいるのではなく〝愛しているる〟からこそ、耳が痛いことを言ってくれているんじゃないか。それがどうして分からないのだろう。不思議でしょうがないが、現実にそのように対応した人間はほとんどいなかった。

憎しみではなく、愛情あふれる忠言

思い返せば、花田清輝の〝辛辣な悪口雑言〟は、何もこの時から始まったものではない。すでに第八章でも詳しく述べたが、彼は永井荷風を筆頭に、中野重治、小林秀雄、田村泰次郎、椎名麟三らを「真善美」、「綜合文化」時代からコテンパンにやっつけて〝嘲笑〟し続けてきたのである。

その時、花田は槍玉にあげた対象を本気で根底から〝罵倒〟していただろうか。いや、むしろ一人、ひとりを認め、尊敬し、過激なまでの愛情を持っていたからこそ「芸術上、このような時点に踏みとどまってはいけない、さらに自分を否定し、乗り越えなければならない」と必死になって叫んでいたのではなかったか。

そこのところを理解できなければ、花田清輝の鋭い舌鋒はすべて〝不毛〟に終わる。花田の母親はいつも「この子はいちばん仲のいい友達と、すぐに喧嘩する子じゃった」と嘆いていたと言うが、この花田の〝インパーソナルではない部分〟というか〝パーソナルすぎる部分〟を理解しなければ、すべては虚しい。蓋し、立派で偉い大先生たちも、気鋭の新人たちも、芸術の問題より自分のプライドを優先させる〝自分の感情だけを大切にする人たち〟なのだろう。

そして花田清輝もまた、わざと頑固にその部分を挑発する〝感情の人〟だったと言うべきか。しかし、同じ〝感情の人〟でも、彼は自分の感情より、相手に対する〝思いやりの感情〟の方が大きく、それを単純な言葉ではなく、一ひねりした逆説的表現で伝えるものだから、なかなか相手に伝わらない不幸を背負い続けた。

可哀想に「アルティストたれ、アルチザンになるべからず」と必死になって説いている花田と裏腹に、一つか二つ、見事に作り上げた自分の作品にうっとりしているようなアルチザンばかりしか、ほとんど日本にはいなかったのである。いや、今もか。

だから、もっとも花田を理解していた佐々木基一は「花田清輝全集刊行記念講演」の中で、繰り返し受講者に訴えなければならなかった。「私の話を聞くよりも、花田清輝の全集を直接熟読吟味していただきたい」と。本当に読めば分かるはずだ。この世に固定した無限の限界、制約、固定した考え方、ステレオタイプ化した意識などを打ち壊していく作業を本気になってやっている花田清輝の姿を真剣になって読んでみたらどうか……と。

了見の狭いインテリ根性を斬りまくる

いや、佐々木基一だけではない。花田清輝を〝唯一の師〟と仰ぐ関根弘は慎重に言葉を選びながら「花田清輝の知識人論批判は、そのまま、アヴァンギャルド芸術の方法論であった」と前置きして、ゴロツキ論争の方では高見順を、

「からめ手から揚げ足をとったり、もっぱら質問を浴びせるのである。これがインテリゲンチャの特質かもしれないが、うじうじしており、および腰で、しかも負けるのがイヤなのである。この論争での取柄は、高見順の質問に答えて、花田清輝が、アヴァンギャルド芸術と社会主義リアリズムの課題を明らかにしていることだろう」（「花田清輝―二十世紀の孤独者」）

と絶妙な援護射撃をしているし、モラリスト論争に対しては、花田の「モラリスト批判は、煮ても焼いても食えないこのようなインテリ根性批判であり（中略）荒正人などは、論争をはじめる前から、負け犬を宣言している。これではなんのために論争するのか、したのかということになる」と花田に軍配を上げてはばからない。とにかく、貴方たちは花田清輝先生に何を言われているのか分かっているのか、よく読んで理解しなさいよ、と言わんばかりだ。

ところが分からない。「近代文学」の〝インテリ先生〟ばかりではない。「よく読んで理解しろ」といわれても、多くの人は花田の書くものを読み始めても、すぐに〝難解〟すぎて放り出してしまうだろう。何だ、これは……。芸術の問題より自分のプライドを優先させる人々は、すべてそうなる。ああ！

三、吉本隆明との世紀の大論争

全盛期の横綱と気鋭の平幕との対戦

さあ、これからが花田の華やかな〝論争の季節〟の掉尾を飾る本舞台がやってきた、とでも言えばいいのだろうか――。

昭和三十二年七月、花田は「文学」に「ヤンガー・ゼレネーションへ」を発表し、文学者の戦争責任論などをめぐって吉本隆明を批判したのをきっかけに、新らたな大論争が始まった。しかし、この論争は、その前年「現代詩」誌上での花田清輝、岡本順、吉本隆明の鼎談「芸術運動の今日的課題」が発端であることが明らかだから、モラリスト論争以後の論争ではなく、その真っ最中から始まっていたと言ってもいいだろう。

大雑把に言えば「ゴロツキ論争」では、ふんぞり返っている〝老大家たち〟を「モラリスト論争」では、いっぱしのインテリと自負している〝仲間たち〟を「吉本隆明との大論争」では、新進気鋭の〝後輩たち〟を、攻撃の標的にして、ほとんど間を置かず、花田清輝は三段構えで完膚なきまでにやっつけたのだった。

つまり、バレーボールで言えば〝時間差攻撃〟ではなく、この三つの論争は一つの試合の中の、コートチェンジのような感覚で眺めなくてはなるまい。

しかし、最初の頃は、この花田清輝vs吉本隆明との対決は、全勝街道を突っ走る大横綱・双葉山と新進気鋭の前頭三枚目という平幕力士・安芸ノ海とのぶつかり合い程度のものであり、これまでの〝大御所〟や〝大先生〟との対戦とは違って、問題にもされないぐらいの〝論戦〟なのである。それが意外にも善戦する〝平幕〟が〝大横綱〟を圧倒するようになって、泥沼にはまったような文壇史上最大の論戦となり、何が何だか分からないような終結を見たのだった。はてさて、どちらが勝ったのか？

そして、この辺のところを丹念に手際よく解説している好村冨士彦の「真昼の決闘―花田清輝・吉本隆明論争」を読んでもらえば分かるように、これらの〝論争〟は「誰が勝者か」という〝判定〟がもっとも重要なポイントになるのである。

埴谷雄高の判定による花田敗北の烙印

熱烈な花田ファンとしては、どうあっても花田清輝の大勝利ということにしたいし、事実、ゴロツキ論争、モラリスト論争に、私は圧倒的というか、勝負にならないほどの勢いで花田に軍配を上げ続けてきた。しかし、一回戦、二回戦で勝利したから三回戦は負けても二対一で花田の勝ちというわけにはいかない。どうしても〝全勝〟させたいのである。

ところが三回戦目の「花田・吉本論争」は、いつの間にか一般には「勝利者・吉本隆明、敗北者・花田清輝」という〝刻印〟が押されてしまった。

判定者は埴谷雄高ということになっており、これを覆すのは、至難の業だろう。どうして、こんなことになってしまったのか！　よく考えてみれば、それは花田清輝が「百戦戦って百戦敗く」ことが〝好み〟であることを、骨の髄まで知っていることが、埴谷雄高の〝判定〟を否定しきれない、いちばんのネックになっていると言わなくてはなるまい。

いや現在でも、花田清輝の名は知らなくても、吉本隆明様だけは〝教祖様〟のように崇め奉る人々は圧倒的に多く、私としては腹に据えかねるのだが、好村冨士彦の「真昼の決闘――花田清輝・吉本隆明論争」は、完璧なきまでに不満を解消してくれる論考になっているのだった。

大横綱であるはずの、わが花田清輝が、言ってみれば平幕でしかない吉本隆明ごときに負けるはずがないではないか、と、私は新宿の安酒場で、親しくなった七〇年安保世代の若者たちと、しょっちゅう大喧嘩をしながら飲んでいた時期があるが、多勢に無勢、いつも圧倒的に旗色が悪かったことが口惜しく思い出されてならない。

――以下、この好村冨士彦の〝大傑作〟を下敷きにして、花田清輝エピゴーネンの積年の恨みを晴らして見せようぞ！

花田vs吉本論争の初期段階

やはり、まず簡単に総ざらいしてみる必要がありそうだ。ここは好村冨士彦の「真昼の決闘」を要約すれば、すべてが理解できる。先に述べたように、論争以前の岡本順を交えた鼎談の中で、最初に挑発したのは花田だった。

まず論点となったのは「創作方法と芸術」、「庶民の戦争迎合」、「文学者の表現の責任と抵抗」とでも言ったものであり、いずれも花田は戦争中の文学的抵抗者がやったこと、書いたことなど、まだ子供だった当時の吉本には分からなかっただろうと挑発し続け、かさにかかった刺激的言辞で持論を押し付ける形で展開される。

それに対して、吉本は感情的にならず、我慢強く控えめな態度で自分の考えを述べているが、花田の明快な論理に太刀打ちできないままに終わっていることは確かなのだ。

そして一年後に「ヤンガー・ゼネレーションへ」で花田がさらに追い打ちをかけた吉本批判に対しても、吉本の対応は「芸術運動とは何か」という最初の反論というよりは、矢継ぎ早に問いかける花田への〝回答〟とでも言った折り目正しい節度ある対応にしか過ぎなかった。

もっともこれは吉本個人だけの発言ではなく、雑誌「総合」誌上に井上光晴、奥野健男、清岡卓行、武井昭夫との連名で出した花田の「ヤンガー・ゼネレーションへ」に対するメッセージであり、副題だけは「オールド・ゼネレーションへ」と洒落ているとはいうものの、以後の〝大論争〟への端緒とも言い難いほどの反論姿勢である。

これより前に「東京大学学生新聞」で吉本は花田を〝職域奉公論者〟と呼び、好村冨士彦に言わせると「文学者は文学の領域で文学運動を推進すればいいとする〈職域奉公〉論を振りまき、文壇文学者から話が分かる〈民主主義文学者〉だと言われる手合いの一人として花田を攻撃した」こともあるそうだから、この方が反論の姿勢としては〝真っ当〟というべきだろうが、発表した舞台が学生新聞だったということもあって、花田清輝に対していささかの痛痒を与えるものとは思えなかった。

礼節のあった吉本と期待する花田

しかし、この連名の「オールド・ゼネレーションへ」は、五人の若い世代の文学者がそれぞれが独自に書いたものではなく、吉本個人がそれぞれの考えをまとめて書き、文責したものであり、吉本隆明全著作集第四巻に彼の著作として収録されているから「もっぱら吉本の考えにそって書かれたものとみて、さしつかえないだろう」と好村冨士彦は断定する。そして、その内容は「良くも悪くも吉本のその後の花田批判の要点が個々に出つくしている」と、評価をしなければならなかった。いずれにしても、これは文学者の戦争責任、戦前のプロレタリ文学運動の分析・評価、戦前・戦中の転向の過程、芸術運動、純芸術と大衆芸術などの諸問題を取り上げ、少なくともゴロツキ論争やモラリスト論争よりは骨のある内容で、吉本隆明は連名という形ではあっても、花田清輝に真正面から真面目に反撃したのである。

さあ、さあ、お立ち合い。御用とお急ぎのない人は……。と茶化したいところだが、その真っ当な姿勢だけでは、そして、この程度の花田批判では、海千山千の花田清輝に通用するはずが無かろう。というのが、花田エピゴーネンにしかすぎない私の判断だった。

いやむしろ、そんなことより、花田は吉本を少しは骨のある奴だと見込んだがゆえに、無理やりにでも怒らせてやろうと挑発し続けたということを、吉本隆明はそろそろ気付かなければならないんじゃないか、と私は思っていたのである。花田清輝が必要以上に玩弄し、軽侮するように挑発してくる真意は何か、と——。

まだまだ遠慮しておるが、もっと激しく突っかかって来い、そうすることによって固陋な前近代的な空気に支配されている〝芸術上の諸問題〟の現状をぶち壊してくれ、それをやるのはお前じゃないか。オレも頑張るから、若いお前さんも必死になって、こちらが仕掛けている高飛車な挑発を跳ね返して来い、と花田は叫び続けていたような気が私にはしてならなかったのである。

意地悪爺さんとツケあがる青二才

意図的に挑発的であり、意識的に軽薄な感じに展開する花田の〝戦法〟は、両手を広げて受けて立つ、ガラガラの隙を見せた立ち合いを続ける大横綱を感じさせないだろうか。

吉本に対してばかりでなく、高見順や荒正人に対しても、花田はこの姿勢を貫いてきた。問題は対象にだけある個人攻撃ではない。それによって鮮明になる〝論争後の混乱〟によって耕される荒地の修復をしなければならない。妥協やごまかしではなく、どうしようもないところにまで来てしまっている日本の文学・芸術の現状の破壊を！　というのが花田清輝の自己犠牲というか、捨て身とも思える〝構え〟なのである。

そういう意味では、これまでの高見や荒たちに比べて吉本が真っ当だった。それは花田が歴戦の論客であり、大先輩であるからという〝礼節〟と見ることも出来るが、吉本の仲間に武井昭夫のような花田の理解者がいたからに違いない。武井には自分が真面目に花田批判をしたからこそ、「新日本文学」の編集部に花田から招かれたという自覚があるし、吉本も花田の〝意地悪爺さん〟の本質を分からないほどの〝愚か者〟ではなかったはずである。

そして、その通り、ここまでは吉本隆明も花田の期待通りの応酬でこたえたのだった。このまま順調に事が進めば、あるいは武井昭夫や大西巨人、安部公房、針生一郎などと同じような理解と連帯が両者の間に生まれる可能性が、充分にあったと言えるだろう。

花田危うし、と見る好村冨士彦の〝眼〟

ところが、好村冨士彦の〝判定〟によれば、花田清輝は吉本隆明が最初に放ったこの一発でダウン寸前の状況に追い込まれたということになる。

そんなバカなことはない。これからが本番じゃないか、というのが数少ない〝花田ファン〟の見方なのだが、いや、圧倒的に多い〝吉本ファン〟もこぞって二人の〝大論争〟を固唾をのんで見守ったはずではないか。しかし、ともかく、何度も繰り返される好村冨士彦の「花田危うし！」という主張に、まず、耳を傾けよう。そして、ついには悪罵の応酬となった泥仕合と最後のさらなるどんでん返しを堪能してほしい。

「吉本が『芸術運動とは何か・原理論として』によって放った重いパンチは、急所に当たったとも見えないのに、花田は急に日頃の軽快なフット・ワークを失い、相手の前に自己の急所をまる出しにしたまま、硬直したように立ちすくんでしまった」

という好村冨士彦の見方は、花田ファンにはお気に召さないかもしれないが、丹念に資料に当たって解説されると、私のようなメロメロの〝花田エピゴーネン〟にとっても説得力のある内容になっているのである。なるほど、そうだったのか！

そして、好村は「花田危うし」を腕によりをかけて、たびたび印象付けながら着々と花田が狙っていた、花田にしかできない〝芸当〟への布石をしていくのだった。

攻守ところを変える毒舌合戦の不毛

事実、以後、華やかに見える両者の良識を疑うような悪罵の応酬は、礼節ある吉本を百八十度変貌させる勢いに満ちている。拳闘で言えば2ラウンドぐらいまで花田の乱打を受けっ放しだった吉本がいつの間にかお株を奪ってワンツーパンチで追い詰め「ボデーだ、チンだ、これでノックアウトだ！」と叫びながら「嵐を呼ぶ男」の石原裕次郎になってしまった感じだと言ったら怒られるだろうか——。

中でも花田の「プロレタリア文学批判をめぐって」と吉本の「アクシスの問題」のやりとりが凄い。花田が軍国少年だった吉本を「土壇場にのぞんでいかなる音をあげるか、こういう人物をいっぺん、刑務所の中へたたきこんでやりたい」と罵ると、吉本は花田を戦争中の転向ファシスト、戦後の擬制コミュニストと決めつけ「この東方会の下郎め！（中略）花田が土壇場でどういう音をあげるか、私もまた見物させてもらうつもり」とやり返すあたりは、論争などというものを超えた怨念がぶつかり合う〝喧嘩〟と言えるだろう。

ここで見逃してはならないのは、吉本が以前「文学者の戦争責任」で「花田清輝が勇敢な抵抗者であることはあきらかだが」と書いていたことなどケロリと失念しているのに対し、花田は憎まれ口をたたきながらも「論争の予定」で吉本隆明と武井昭夫の二人を「わたしとかれらのあいだに似たところがあるだけに」と余裕を示し「その論争から、かくべつ、みのりゆたかな収穫を期待しているわけではない。（中略）わたしとしては、武井昭夫のマルクス主義、吉本隆明のアヴァンギャルド芸術と対決できたなら、いくらかおもしろい結果が生まれるのではないかと考えているのだが」と、むしろ真摯な姿勢に変化していることだろう。

つまり、挑発を繰り返していた花田は、相手が乗ってきたので、今度からは真面目に受けて立ってやるという宣言をしているのである。しかし、これで攻守は所を変えて、以後は吉本が罵詈讒謗をほしいままにし、花田は相変わらず躱したり、賺したり、おちょくったりはするけれども、怒涛の勢いの吉本の鋭い舌鋒の受け太刀に回らねばならなかった。

そして六〇年安保闘争の盛り上がりとともに、この〝大論争〟は泥沼化したままだったのが、そこに埴谷雄高の〝吉本の勝ち！〟という軍配が上がり、花田は〝不動の敗戦の将〟の座を揺るぎないものにしたのである。

これをどう見るか——。好村冨士彦の〝どんでん返し〟は、ここから始まる。

四、逆転する勝敗の判定

決定的な花田敗北を印象づけた埴谷裁定

簡単に要約すると、埴谷雄高の〝審判〟は、吉本隆明の「芸術的抵抗と挫折」の書評の中で、「彼と花田清輝との論争は無解決のバランスを保ったまま、宙に浮いているのかと私は思っていたけれど、この書を読み進んでいる裡に、花田清輝もついにこの詩人に抗しがたいことに気づいた。第一花田清輝や私の年代のものは彼と彼らの年代のものに死体を清掃されるのであり、第二には、何物かを正面に隠蔽して横から思いがけないものを取り出す花田清輝や私の年代特有の方式の奇怪さは、彼のあけっぴろげの不気味さについに及ばぬからである」

と書かれたことで、吉本の勝利が決定的となり、戦後文学史の定説となった。好村が言うように「この診断は花田の一方的な敗北を印象づけて余りある」わけで、埴谷が公平な判定者としての資格があるかどうかはともかく、一般には自明の〝確定事項〟になっているのである。

ところがそうか――。好村はついに自著「真昼の決闘」のカバーに書かれた出版社のキャッチフレーズにあるように「ラストシーンに隠されていた秘密」を発見して埴谷の判定を覆すように「意地悪じいさん・花田清輝」以降の四章を書き継ぐ。これは徹底した吉本隆明批判であり、恐ろしいまでに吉本を見抜いていた花田清輝の姿が光り輝く。花田エピゴーネンを自負する私などは、やんや、やんや、と喝采を送りたい。

西部劇「シェーン」のラストシーンの秘密

好村冨士彦の言う西部劇「シェーン」のラストシーンに隠されていた秘密とは何か――。

私たちのようなオールド・ゼネレーションには忘れられないはずの映画であるアラン・ラッド主

演、ジョージ・スティーブンス監督の名作を、あの感動的な「遥かなる山の呼び声」の音楽とともに、最後の場面を思い出していただきたい。

ジャック・パランス演ずる拳銃の早打ちの名手である無法者とタッグを組んだライカー兄弟とシェーンとの対決。一瞬の間に打倒したシェーンが、少年の「カムバック！」という痛切な懇願の叫びを振り切って、何処へともなく去って行く姿。これを何度も見直した好村冨士彦は、そこに花田清輝の〝本当の狙い〟に気がついたのだった。

つまり「あ、花田はシェーンを演じているのではなかったのだ！」と直感したのである。少年はシェーンが被弾していることに気づいていても、観客のほとんどは深手を負っているのを見抜けない。彼が去って行く方向には墓地があり、シェーンは間もなく死ぬことを暗示しているのに——。

この着眼は論争とは、まったく関係ないように思える人もいるだろうが、実に意味深長な発見と言わなければならない。私もここで「あっ！」と目から鱗が落ちたのだった。どうしてそこに気がつかなかったのか。花田がシェーンを演じているとばっかり思い込んでいた自分の浅はかさが情けない。そうだ、そうだ、好村冨士彦、あなたは天才だ！　花田は、

「わたしはアラン・ラッドから一瞬のうちに射殺されてしまう自信満々の黒手袋をつけた無法者ジャック・パランスが大好き」（「政治的動物について」初版の「あとがき」）

なのである。そうだ、そのことを忘れてはならない。そして〝必敗論者〟であることも。花田はあっけなく射殺される無法者に自分自身をなぞらえて演じ、論争相手・吉本隆明をシェーンに祭り上げたのだ！　それこそ花田清輝の最高で最強の奥の手なのだ！

芸術家の〝天下無敵の勝者〟というものは、徹底的に負けてしまうということ。これが花田の〝鉄則〟ではなかったか。この論争は、百戦戦って百戦負けるという〝正攻法〟の花田の持論を忠実に実践しているに過ぎない。つまり〝負けるが勝ち〟という、まさに正鵠を射た結論に好村冨士彦は行き着いたのである。これだ！　参った、畏れ入った！

何処へ行く花田エピゴーネンの無念

しかし、埴谷雄高のお墨付きをもらった勝者・吉本隆明は、全共闘世代の〝教祖様〟のような存在に祭り上げられ、〝お山の大将〟となってしまった時期が長々と続いたことも事実である。

それはそうだろう。花田清輝を叩きのめして天下無敵となった吉本隆明は、天にも昇る思いをしたに違いない。それに引き換え〝花田エピゴーネン〟の無念の思いは、どこに届くこともなく、新宿の飲み屋の片隅に消えてゆくしかないのだろうか。所詮、エピゴーネンはエピゴーネンでしかない。その悲哀を噛みしめなければならないのが宿命である。

花田清輝は、そんなエピゴーネンに対しても「偽物にもまた、本物と同様の――いや、時として本物以上の存在理由があるというのが、終始一貫、わたしの立場なのである」と優しい言葉を投げかけてくれるにしても、エピゴーネンは、それに甘えてばかりいるわけにはいかない。矛盾するようなおかしな言い方になってしまうが〝本物のエピゴーネン〟には、確実に今日は〝あすなろの木〟であっても、明日は〝檜になろう〟とする強い意志を持って、決して叶うことのないことであっても、すべての風雪に耐えなければならなかった。

そう言えば〝吉本エピゴーネン〟とでもいうべき人の書いた評伝「吉本隆明」（フォー・ビギナーズ・シリーズ、現代書館）のことに、好村は触れているので、その一節も紹介しておこう。

「最近刊行された吉田和明という吉本エピゴーネンによる吉本べったりの、批評精神のひとかけらもない絵入り評伝『吉本隆明』（中略）によれば、吉本は『言語にとって美とはなにか』を書きながら『沈黙の言語で〈勝利だよ、勝利だよ〉と呟いていた』そうである。花田清輝をたたきのめして『天下無敵』となり、埴谷雄高からその勝ちを宣言された吉本は、このような一種の病的幸福感《オイフォリー》にひたりながら、あとは雑魚みたいな（と彼には見える）論敵を片はしから切り捨て、突き倒し、なぎ払う論争的文章を書き続けていったのだろう」

私などは口惜しいというよりは恥ずかしくなってしまうが、〈勝利だよ、勝利だよ〉と呟く吉本に、ぞっとするような恐怖に近い嫌悪感を抱かずにはいられない。

吉本の知的頽廃を指摘する好村の舌鋒

ここから始まる好村の吉本の知的頽廃を指摘する批判は、一挙に展開される――。

まず、六〇年安保以降、ほぼ二十年にわたって「吉本隆明は民青同盟の学生は別として左翼学生の間に教祖的権威をもって君臨するばかりでなく、論壇、文壇においても威勢あたりをはらう有様だった。（中略）彼の本は――どれだけ理解されたかは別として――一つの風俗となるまでに日本各地の学生たちの間に広まった」と好村は事実を率直に認めてから、いかに吉本が〝知的頽廃〟を露わにしていったかを追求してゆく――。

そして、六〇年安保闘争の中で、吉本が当時の多くの知識人がそうしたように、国民会議や労組があてがってくれる「文化人」の特別席に収まることを潔しとせず、ひとりの「大衆」としてデモや座り込みに加わって、本気で運動をやっていた時期があったことも確認した上で、やがて来る吉本隆明の知的頽廃に迫るのである。

六〇年安保闘争の直後に書いた「擬制の終焉」は、それなりに評価しつつも、この本に同時に収められた「頽廃への誘い」というエッセイから、好村は皮肉にも吉本隆明の衰退が始まっていることを説得力を持って指摘していて、それが花田清輝との論争に〝勝利〟した直後からであることを、見事に立証して行くのだ。

「彼は、安保闘争の翌年に国会に上程された政暴法に反対するデモにゆくくらいなら『昼寝』をすると宣言し、学生運動と訣別している。これと共に吉本が革共同全国委員会派、日本共産党、新日本文学会、市民派知識人（丸山真男、上山春平、日高六郎）らに対して放った攻撃と悪罵の激しさは、向かうところ敵なしといった調子で、それ以前の吉本の書いたものには全く見られない鼻息の荒さであった」

「こうして吉本は『自立』の道を説き、自らもそれを実践してゆくが、その具体的な行為は目を覆いたくなるような形を取った。彼は『実践とは手足をばたばた動かすことではない』という言葉をかかげて、それをついたてにしてみずからは新しい変革運動を構築することなく、自己を権威の高みにおいて、現実政治の中で悪戦苦闘するすべての運動家を阿呆よばわりしてせせら笑い自己に批判を向けてくる若い世代のあらゆる思想的試みをわいしょうかしてみせ、軽蔑的にたたき伏せ、自己にごまをするお茶坊主を身のまわりに集めてご機嫌でいるという、かつて自分が敵にしたはずの既成知識人の最もいやらしいパターンにみずからをおとしめていった。」

などと、痛烈に批判する好村の舌鋒は、花田清輝の〝かわし、すかし、からかう〟論調より、私に吉本の知的頽廃を納得させる内容になっていたのだった。

罵倒、中傷、誹謗のみに終わる思想表現

このような驕り昂った吉本隆明に対する厳しい批判は、一人、好村冨士彦だけがしているわけではない。例えば歴史学者・松沢哲哉は、七〇年代の吉本の著作や発言に対し、

「とうてい『批判』とか思想表現などと呼べる代物ではなく、罵倒、中傷、誹謗がるる堆積されてあるという状態に立ち至っている。（中略）ただ吉本隆明なる人物はもう本当にどうしようもない、と溜息をつくばかりである」（「アジア主義とファシズム」）

と、痛烈に告発しているし、首尾一貫して反動化するメディアに対して、本当の意味での理論闘争の戦闘性を重視し、確保してきた評論家の菅孝行は、このような吉本隆明を信奉する〝吉本エピゴーネン〟への批判を通して、徹底的にたたきのめす。

「（吉本の）エピゴーネンとは、……無名であり、生活者であるが故になおさら始末のわるい、中途半端な『自立』的批評精神どものことである。（中略）とりわけ始末に負えないのは、……自明の権威として吉本の所説を受け入れ、それを以て、逃亡や召還のエクスキューズとするような『非政治』青年――（中略）そうであるがゆえに、ブルジョア的時代思想に侵犯された、典型的な『政

治』青年――たちである」（「現代史のなかの学生」）

という指摘は、私が〝花田エピゴーネン〟であるだけに、身に沁みて謙虚に受け止めなければなるまい。自分は花田清輝が書き、発言するものに惚れ込み、盲目的に自分の怠惰を正当化し「逃亡や召還のエクスキューズ」にしていないか――。新宿の酒場で多勢に無勢の〝吉本エピゴーネンたち〟に罵られ、その悲哀に耐えているだけでは済まされない自己批判を繰り返さなければならなかったのである。

唯我独尊の体制擁護に堕落する吉本

しかし、今、そんな甘っちょろい自己批判をしている場合ではない。愚かな〝花田エピゴーネン〟まる出しにして、好村の快適な尻馬に乗ってさらに吉本を追及しなければなるまい。

「このような事態になっても、吉本はこれらに対して何らの自責の念も自己批判のひとかけらも感じることなく、ますます唯我独尊的姿勢を強めていくだけであった。思想家が自己の果たしている役割について、全く認識能力をなくしてしまったら、それは思想家ではなく、すでにたんなるイデオローグ、しかもこの場合でいえば、体制擁護的イデオローグでしかないだろう」

と、好村は容赦なく八〇年代に入ってからの吉本隆明を完膚なきまでに断罪していく。

文学者を中心に起こった日本の反核運動に対する著作や発言を「理性的思考力を持っていれば誰でも指摘できるような情勢の読み違え、（中略）明白な自己撞着に満ちた迷論を恐ろしい鼻息でぶち上げ、自己を批判するものをどぎつい言葉でののしる一個の政治ゴロにまで自己をおとしめた」とまで言い切って、さらにとどめを刺すようになる。

八〇年代中頃に至ると吉本の〝御乱行〟は、もっと馬鹿馬鹿しくなり、女性大衆誌『アンアン』にコム・デ・ギャルソンという名のブランドものを着てモデルとして登場し、その身に着けた値段が十七万四千五百円だと自慢する〝喜劇役者〟になってしまった。

たまりかねたのか埴谷雄高が「このような『ぶったくり商品』のCM画像に、現代思想界をリードする吉本隆明がなってくれることに、吾国の高度資本は、まことに『後光』が射す想いを抱いたことでしょう」と苦言を呈するようになってしまうのだから、これはもうお話にならない。

この花田清輝を倒して自分を日本一にしてくれた〝大恩人〟に対しても、吉本は「自ら獲得した感性と叡知によって自分たちを解放する方位を確定してゆく」と反論するのだから、もう何をかいわんや、である。好村冨士彦は「このような無責任な駄ボラを吹いていて、依然『現代思想界をリードする』吉本隆明と呼ばれ、本が売れるのだから、かりに彼が自己の醜態に気づいたとしても、この商売をやめられないのは無理もないことかもしれない」と天を仰ぐより仕方がなかった。

吉本の本性を見抜いていた花田の〝眼〟

正直に言うと私は、このような吉本隆明の知的頽廃を、少しも知らないで、長い間〝花田vs吉本論争〟が多くの人と同じように、埴谷裁定を受け入れていたのである。この好村冨士彦の「白昼の決闘」を読まなければ、ずっとそう思い続けていただろう。

もちろん私は不満だったが、だいたい吉本隆明の著作をほとんど読んだことがない。ただ一度、私が折口信夫についての一作を書いた折、吉本隆明の「詩とはなにか」という一文を読んで感激したことがあったので、むしろ偉い評論家がいると思い込んでいると同時に、わが花田清輝に論争を挑むなんて、世評は高いが、身のほども知らない奴だ、という程度の認識しかなかった。

そのため、私は新宿の酒場で〝吉本エピゴーネン〟たちの乱打を浴びる哀れな〝花田エピゴーネン〟に甘んじるより仕方のない日々を送り続けていたのである。しかし、好村冨士彦の「白昼の決闘」によって、初めて息を吹き返したことを正直に告白しおかなければならないだろう。

好村は花田vs吉本論争の決定的な花田勝利の判定を下すために、このように書く。

「花田が論争に負けることで吉本を『天下無敵』の論客に祭り上げてしまう作戦が、あまりにもうまくいったことに驚かざるをえない。もちろんだからといって私は、吉本がここまで堕落することを花田が予想したとまで言う気はない。しかし私は花田が吉本のようなタイプの思想家が、誉め言葉に弱く、いったんお山の大将になってしまうと自己批判が出来なくなる性向を持つことを、ちゃんと読んでこの作戦をたてたとにらんでいる」

と前置きをして、ご本尊・花田清輝の論争中に書いた小文「サドへ、サドへと」を掲げてくれるのが嬉しいではないか。好村の引用は長すぎるので、遠慮したいのだが、せっかくだから、そのままを私も掲げておく。久々に花田清輝の名調子をご堪能ください。

喜ばせておいて破滅させる完全犯罪

「……たしかにサディストのほうがトロッキストよりも、まだましかもしれない。だが、この世の中には肉体を眼中におかないようなサディストというものがいるのではあるまいか。たとえ肉体に眼をつけるにしても、サドのように外科手術に訴えることなく、くすぐり殺すような方法を採用するサディストというものがいるのではなかろうか。『氷川清和』のなかの女囚の完全犯罪よりも、わたしには、ジョン・コリアの草案にかかるそれの方が、はるかに残酷のような気がしてならない。かれの『完全犯罪』の主人公は、犠牲者にむかって、食べはじめたらやめられないような、十五ポンドいりのおいしいチョコレートの大箱を贈るのである。相手は、主人公に心から感謝しながら、つぎつぎにチョコレートを、口にほうりこんでいるうちに、十ポンド目位で確実に死んでしまう。

なぜなら、人間の胃袋には、リミットがあるからだ。この手は、むろん、食欲においてよりも、性欲において、ヨリひろく用いられている。いわば、精神的なサディズムと称すべきものである。しかし、そいつを、ジョン・コリアふうの『完全犯罪』にまで高めたいというのが、わたしの終生の願いなのだ。……つまり、一言にしていえば、わたしは、相手をたえずよろこばせながら、いつの間にか、相手を破滅させてしまいたいのである」（全集別巻Ⅱ、六八頁。傍点は好村）

　この花田清輝の一文を読んで、多くの人はどのように感じるのだろう。好村はこの引用の後、

「いやはや何とも恐ろしい話であるが、先の吉本が『〈勝利だよ、勝利だよ〉と呟いていた』という病的幸福《オイフオリー》的光景と照らし合わせると、花田は相手をたえずよろこばせながら、いつの間にか、相手を破滅させる『完全犯罪』を吉本相手にしかけて、それが花田が予見した以上に成功したといって間違いない。ただしその結果が明らかになるのに二十数年かかったというのは、いくらなんでも長すぎるし、だいたい花田が先に死んでしまっては何にもならないではないか、と言われれば確かにその通りであろう。しかし思想の問題などというものは、二十年、三十年単位で測ってはじめてその功罪が明らかになるのであって、花田にとって自己の生前の勝ち負けは問題ではなかったろう」

　と、完璧に世紀の大論争に対する軍配を花田清輝に挙げるのである。

覆る〝埴谷裁定〟と花田の〝必敗の勝利〟

そして、ダメを押すように、好村冨士彦は名画「シェーン」のラストシーンを反復するのだ。

「吉本＝シェーンは花田＝パランス（いやライカーだったかな）の倒れぎわの一発で心の臓深くえぐられていたのだが、その穴のあいた心臓に気がつかずにその後二十年を生きのびたため、かえって生き恥をさらすことになったのだ。早死にも悪くない」

と、意地悪爺さん花田の負けっぷりの名演技まで絶賛してくれるのだからたまらない。

ここで、花田vs吉本論争の埴谷雄高に挙げた軍配は〝差し違え〟として劇的に覆る。あっけなくアラン・ラッドによって射殺されたかに見えたジャック・パランスは、あの不敵な白い歯を光らせ、ニヤリと笑って仁王立ちしているのだった。やんや、ヤンヤ！

しかし、私は花田が吉本を破滅させようと、本気になって「サドへ、サドへと」を書いたとは思っていない。

この程度の〝冗談芸〟は、彼の得意中の得意というより、相手に対するサービスと思いやりであると感じるし、花田は想像以上に吉本隆明を可愛がっていたようにも思う。それは、六〇年安保の後、吉本を皮肉った詩とされている「風の方向」にも十分感じられる。

催涙弾を投げられたなら
風下にむかって走れ
風上にむかって走るな
ぽろぽろと大粒の涙をながすために
ながしつくしてしまうために

花田清輝は吉本隆明という〝逸材平幕〟に胸を貸してやった〝大横綱〟だと、皆がみんな納得できるような日がいつか来ることを信じたいものである。

好村冨士彦もそこはキチンと捉えている。何故なら彼は決定的に吉本批判をしたのちにも、「なぜ、このようなことになったか」に言及し、その原因を花田、吉本という二人の思想家の人間的資質とか、世代の違いに求めるべきではなく、二人の〝作風の違い〟に目を向けていることに注目していることも付け加えておかなければなるまい。

しかし、以降の彼の知的頽廃を指摘して、勝者が如何に悲惨な末路を迎えるかを説く好村の舌鋒は、花田や吉本に負けず劣らず鋭くなっている。

しかも「私は花田が吉本のようなタイプの思想家が、誉め言葉に弱く、いったんお山の大将になってしまうと自己批評を出来なくなる性向を持つことを、ちゃんと読んでこの作戦を立てたとにらんでいる」と、この論争を分析し、意地悪爺さん花田の〝負けっぷりの名演技〟を絶賛しているのだからたまらない。

繰り返すようだが、こうして花田・吉本論争の埴谷の軍配は〝差し違い〟として劇的に覆る。あっけなくアラン・ラッドに射殺されたはずのジャック・パランスは、ニヤリと笑ってむっくり立ち上がるのである。首が飛んでも動いて見せるわという花田の気概は、ここでも失われていなかった。

決闘をして死ぬことなど、花田清輝は決して恐れてはいない。吉本隆明に対して「風下にむかって走れ／風上にむかって走るな」（「風の方向」）と皮肉たっぷりに優しく教える本物の〝詩人〟なのだから――。

第十一章　視聴覚文化、共同制作への展開

嵐を背景に孕んだロンリー・マン

（松本昌次）

われわれの今日の課題は、文学的表現の完璧を期することにあるのではなく、民間説話などによって代表されるかつての視聴覚的表現を手がかりにして、ラジオやテレビなどの未来のあたらしい視聴覚的表現をつくりだし、文学的表現の限界を突破していくことにあるのではなかろうか。

（「柳田国男について」）

一、綜合芸術を目指す広い視野

映画、演劇に対する深いこだわり

花田清輝が映画、演劇、ラジオ、テレビなど、視聴覚文化分野への展開に目覚ましい動きを見せたのは、昭和三十年代以降からだと思っている人が多いようだ。

なるほど、第二章で詳述した通り、私と花田清輝との最初の出会いとなった「映画的思考」が未来社から発刊されたのは昭和三十三年だし、彼の戯曲「泥棒論語」が劇団舞芸座で土方与志、鄭泰祐の演出により上演されたのも、この作品が第一回週刊読売新劇賞を受賞して話題を集めたのも、その年のことである。多くの人は、あまりこのことを重要に考えていないようだが、ここには〝現代演劇〟と呼ばれるものの原点があると言ったら笑われるだろうか。

以後、久保覚・福島紀幸による年譜を眺めて行くと、三十四年にはラジオドラマ「私は貝になった」の放送（ラジオ東京）、安部公房、千田是也、野間宏らと演劇運動のための「三々会」の結成、テレビドラマ「就職試験」の放映（ＮＨＫ）と続き、三十五年にはテレビドラマ「佐倉明君伝」の放映（ＮＨＫ）、三十六年には武井昭夫との共著「新劇評判記」（対談集）を勁草書房より刊行、三十七年には「新編映画的思考」を未来社より刊行、三十八年には戯曲「爆裂弾記」の上演（劇団演劇座、演出・高山図南雄)、そして、私にとっては忘れることのできない〝未知との遭遇〟だった「ものみな歌で終わる」の日生劇場での〝こけら落とし〟へと続く――。

何と燦然たる花田清輝の昭和三十年代であることか！　と言い切ってしまえば、それで充分に私は満足していいはずなのだが、何だか釈然としない気分になるのは何故だろうか。

おそらくそれは、私が唯一、花田清輝作品の中で見逃しているラジオドラマ「私は貝になった」という一作が年譜の中にあることと無関係ではあるまい。

どうも私は口惜しいらしいのである。かなりの花田清輝ファンと呼ばれる人たちでも、彼にラジオドラマ「私は貝になった」という作品があることを知っている人は少ない。恥ずかしながら〝花田エピゴーネン〟を自称する私でさえ、え？　それは「私は貝になりたい」の間違いじゃないの？と思い、かの神話的な橋本忍の〝名作〟を思い浮かべたが、花田は「私は貝になりたい」のではなく「私は貝になった」という作品を書いているのだから、畏れ入るほかないだろう。

畏れ入るだけで充分である。もちろん、このラジオドラマの台本を読み、放送された作品を聴いてみたいのはやまやまだが、怠惰な私はまだそれをしていない。許されない罰当たりだと責められても仕方がないが、誰か暇な人がいたら、おそらくいないだろうが、ＮＨＫライブラリーにでも籠って探索し、私に素晴らしいに違いない内容を教えてくれ！

燦然と輝く昭和三十年代の花田の業績

だから、正直に言って私は、何度もリメイクされ伝説的に語り継がれている名作「私は貝になりたい」というテレビドラマも映画も、あまり快く思っていない。脚本の橋本忍や演出の岡本愛彦やフランキー堺、所ジョージ、中居正広などの主演者に恨みがあるわけではないが、何故か私にとって「私は貝になりたい」という作品は、どれも面白くなかった。

BC級戦犯に対する理不尽な死刑という判決と執行は、テーマとして非常に不条理な人間の問題を提出しているわけで、興味津々と言ってもいいのだが、これは実話なのに事実とは異なる。この遺書を書いた加藤哲太郎は減刑されて、この作品の〝原作者〟になっているのだから、ノンフィクションとして描いた方が良かったのではないだろうか、などと思ったりもする。

まったく勝手な私個人の感情の問題だから、まあ、こんなことはどうでもいいのだ。そこで、もう一度繰り返して叫ぶしかない。何と燦然たる花田清輝の昭和三十年代であることか！

それ以降も花田清輝の視聴覚文化分野への展開活動は、終生衰えることはなかった。昭和四十二年には武井昭夫との共著対談集「運動族の意見・映画問答」（三一書房）の刊行、四十九年には「もののみな歌で終わる」の再演と続き、彼の死後も追悼公演となった「故事新編・首が飛んでも眉間尺」の上演（木六会、演出・広末保、千田是也）が、まさに燦然と輝いているからである。

いや、いや、こんなものでは終わらないのだ。ずっと時を経た平成の世に入ってからも「花田清輝映画評論集―ものみな映画で終わる」（清流出版）の刊行や「泥棒論語」の上演（シアターX、演出・白石征）、「花田・アングラ・清輝　もう一つの修羅」（発見の会、演出・瓜生良介）が没後三十周年記念公演と銘打って上演されるなど、脈々と花田清輝の世界は進化し深化していると言えないだろうか。「もう一つの修羅」の原作は、たった四百字詰原稿用紙二十枚足らずのエッセイにしか過ぎないのに――。

いや、たまらない。私にとってはもう、花田大明神への思いがドッと溢れ出してきて、時系列的に花田清輝の視聴覚文化分野への活動などを書くより、過去の個人的な感傷に浸り込んでしまいたい気分になってしまうのだが、何だか、これもちょっと違うんじゃないか、という不満な気持ちにもなる。

どうやら私には、多くの人に花田清輝が視聴覚文化分野への展開を、昭和三十年代に入ってから何か改めて取り組んだように思われていることへの違和感があるらしい。

たしかに昭和三十年代以降、花田が視聴覚文化の分野に進出したのは事実だ。これに必死に取り組み始めたのは、昭和三十年代初めからぐらいだろうと大雑把に考えることも、当たっていないとは言えないのだが、彼の視聴覚文化への取り組みは、そんな底の浅いものではなかった。

芸術を綜合する花田の基本的な発想

こんなことを言うと、多くの人に失笑されるだろうが、それが始まったのは、おそらく花田の幼少期からである。第一章で詳述したように、花田清輝が家庭環境の影響で、防御のための〝仮面を素顔〟とすることを身に着けた頃に、その萌芽があり、彼が万巻の書を猛烈に読破し出した中学時代から定着していた根本的な〝発想〟だったように私には思われるのである。

ちなみに花田清輝の幼少期には、映画はまだ活動写真と呼ばれていた時代であり、弁士付きの無声映画しか制作されていない。トーキーによる映画の時代に入ったのは昭和になってからだから、彼が幼少期から中学生時代に映画に夢中になったと思うこと自体が無理な話なのだが、それでも〝目玉の松っちゃん〟こと、歌舞伎俳優・尾上松之助が無声映画で人気絶頂の頃だったから、話ぐらいは聞いて知っていたとは言えないだろうか。

荒木又右衛門、岩見重太郎、柳生十兵衛などの英雄・豪傑役を千本以上演じた松之助の勇姿は、現代のアイドルたちが逆立ちしても及ばないほどの興奮を人々に与えた。中でも蝦蟇の妖術を使う忍者・児雷也の大立ち回りへの称賛は、ビートルズさえも真っ青だったろうと断言する人たちが現代にもまだ大勢いる。

これを〝ホンマモノの真の英雄〟を待ち望んでいた花田清輝が見過ごして、シラッとしていられるはずがあろうか！　小川徹さえも呆れ果てるに違いない資料の裏読みというより〝捏造〟だが、私は頑なにそう信じる。そうでなくてたまるものか——。

かくて映画は、花田の心の中に幼少期からインプットされていた芸術に対する〝大いなる綜合〟への一つの大きなポイントだった、と私は思いたいのだろう。

文学・演劇・音楽・美術の綜合

しかし、花田の幼少時には歌舞伎や演劇、講談、落語などの分野は確立されていたとはいっても、他の視聴覚文化といえば、江戸時代からの紙芝居や人形劇などに人気があったぐらいで、ラジオさえ花田が高等学校時代に普及し始めたという時代だった。そのため彼が貪欲に求めたのは、深くインプットされた視聴覚文化によるトレーニングより、書籍による〝読む〟分野に偏重せざるを得なかったのである。

だから、第七高等学校時代は授業を受けずに読書による〝独学〟ばかりで、西田哲学にもはまり込み、落第、退学に追い込まれるわけだが、九州大学の哲学科の聴講生になってから一つの転機が訪れる。これもすでに第四章で指摘したが、花田清輝が〝読む学習〟から聴講生という〝聴く学習〟を身に着けたことが大きかった。おそらく、この頃から花田の視聴覚文化への関心は明確な形となったに違いない。そして京都大学選科時代には、先輩・羽田竜馬宛の手紙の中で「活動写真にいいものがない」と嘆きながらも「エリッヒ・ホンマー、ブリギッテ・ヘルム監督作品を観たい」と書き送っているほどだから、映画への関心は私たちが考える以上に強いものがあったことを読み取らねばならないだろう。

この京都大学時代には、戯曲「窓」を「白光」に発表し、すでに演劇分野へ踏み込んでいるが、続いて書いた「サンデー毎日」懸賞小説の当選作「七」も小説と見るより、映画演劇のシナリオとして読んだ方が豊かなイメージが伝わる従来にない文学的表現に満ちた作品であることを考えると、花田は昭和初期に早くも視聴覚文化を活字文化の中に積極的に取り入れる表現活動を始動させていたと言えないこともない。

そういう意味で、花田の視聴覚文化分野への展開は、学生時代から絶え間なく続けられてきた芸術の綜合化への試みであり〝アヴァンギャルド芸術〟提唱の根幹ともいうべきものだったろう。

もともと「映画的思考」の中の「コンモン・センス論」で強調していることは、コンモン・センスを〝常識〟と翻訳するのではなく、深瀬基寛のように〝共通感覚〟と直訳して受け入れ、これこそが綜合芸術としての映画の基盤であることを示し、単に映画ばかりではなく、あらゆる問題の根本であることを示唆した花田の変わらぬ持論でもあった。

それは、いわゆる常識というものを無条件で受け入れてしまう薄汚れた社会や人間に対する拒否の姿勢であり、皮肉に言えば、もっとも初歩的な常識であり、哲学的思考にほかならない。

視聴覚文化の根源に思いを馳せる

そこから花田は視聴覚文化の根源ともいうべき民間説話の語り部に思いを馳せる。「むかし、昔、あるところに、お爺さんとお婆さんが……」と語る昔話は、内容は同じでも一度として同じままの〝作品〟ではない。語る人間の体調、気分、聞かせる対象の年齢、雰囲気によって千変万化する〝むきたての茹で卵〟のような鮮烈な〝作品〟となるのだ。

冒頭に掲げたエッセイ「柳田国男について」の中で、花田が「民間説話などに代表される、かつての視聴覚的表現を手がかりにして、テレビやラジオなどの未来のあたらしい視聴覚的表現をつくりだし」と述べ「われわれの今日の課題は文学的表現の完璧を期することにあるのではなく（中略）文学的表現の限界を突破することにあるのではないだろうか」と指摘していることは〝文学〟を後生大事に抱え込み、それでこそ〝詩人〟であると思い込んでいる連中に対して痛烈な鉄槌を下し、俗物たちには〝非常識〟であっても、もっとも初歩的で正当な〝常識〟を披歴したものだった。第二〜四章で語り尽したことの重複になってしまって恐縮だが、映画が「綜合芸術」と呼ばれるのは、文学、演劇、音楽、美術などの既成の芸術形式を綜合するものだからではなく、そういった特権的で知的な芸術と民衆芸能とを綜合するものであるという佐藤忠男の説を支持する花田の〝非常識〟を超えた〝常識〟に感服したいものである。

とにかく、このあたりの資料が皆無と言っていいほど不足しているので、例によって妄想とでも言った方がいい想像を頼りに花田の学生時代を振り返るしかないが、小川徹がここでも絶妙な救いの手を差しのべてくれるので、その部分だけを切り取ってみよう。

「清輝の人生のうちで最初の一くぎりである『母と息子の家出』（これも彼は書いていないし、いつかわからない）事件、とくに京都大学時代、ノートを持って映画館へ入りびたるような時期があったように書いているが、もちろん無意識ではあろうが、生活難という苛烈な現実の前に立ち向かう決心をしたことと、映画をみつづけてきたことの、次元の違いはさるものながら過去を映画の中の博物館に自ら仕立てて訣別したように思われる」（「花田清輝の生涯」）

花田が書いてもいないことや、いつだか分からないようなことなど書くなよ、と言いたくなるような小川徹らしい無茶苦茶な論旨だが、重要なことは論旨ではなく、花田が「ノートを持って映画館に入り浸っていた時期」があったという事実である。

また、昭和七年、京都大学を中退し一時的に福岡の実家に帰っていた頃、高等学校時代の先輩・羽田竜馬に宛てた手紙の中の、

「最近『帰郷』再映を偶然に見ることが出来、又ポオル・ヴァレリィの『ヴァリエテ』を読んで、あなたの相貌と精神機構を、例えそれが如何に単純化され短い持続しか持ち得なかったとは云へ、――又、恐らく職業の麻痺的症状の現れなかった以前の、云ひ得べくんばわれわれの青春の、生々しい状態を思ひ起こしたのでありました」

などという文面を読むと、情緒的な部分を含めて、如何に映画に花田が入れ込んでいたかを思い知らされなければなるまい。

二、一映画ファンという視点

つまらない映画でも涙を流す花田
以後の過酷な飢餓時代、恋愛から結婚、息子・黎門の成長時代も花田清輝の映画へのこだわりは変わりなく続く――。

「ある時期、正月の二日には映画館に出かけるのが恒例になっていた。映画館に近づくと足が小走りになるのである。清輝はちょっとクセのある脇役がひいきだった。月形龍之介、ジョセフ・ワイズマン、ジャック・パランス、オーソン・ウエルズなど」（花田黎門「花田清輝とその妻トキ」）

という花田の息子・黎門の証言から浮かび上がる花田には、意表をつく難解な文章をこねくり回す〝批評家〟としての面影などは微塵もない。彼は息子の手を引いて、いそいそと上映されている映画なら何でも選り好みをせずに観賞するのだった。

ひいきの俳優から類推すると、洋画が多かったようにも思われるが、邦画の時代活劇でも、お涙頂戴の母子ものでも何でもお構いなしに観る。片岡千恵蔵の「宮本武蔵」、藤田進の「姿三四郎」、三益愛子と三条美紀の「母三人」をはじめ、マリリン・モンローの「ナイアガラ」、ミッチー・ゲイナーの「踊るニューヨーク」。数え上げればキリがない。鍋島の化け猫騒動だろうが、仙台藩のお家騒動だろうが、山王映画、山王松竹、動坂シネマ、神田日活などの映画館を駆け巡るのだ。映画館だけで映画を観るだけではない。テレビにもかじりついて旧作を観る。そこから浮かび上がるものは、偉そうな映画評論家ではなく、夢中になって遊ぶ子供のような姿だった。

その頃の花田清輝の実像を知るために、息子の黎門に根掘り葉掘り取材した小川徹が、次のように洞察した文章は、すでに紹介したはずだが、もう一度、味わってみよう。

「黎門氏も言っていた〈午前は読書、午後は視聴覚の時間と言って、テレビや映画を観るんだけれど、涙もろいんです。安っぽいものにも涙を出しちゃう。それを言うと、ナキハシナイと物凄く頑強に言い張る。涙を出したことは、絶対に肯定しない〉。これは（中略）家老の家柄、父の放蕩、母と息子の家出という日本のメロドラマティックな環境が浮かび上がる。後年、メロドラマ映画を決して一刀両断にせず、メロリアリズムという新語も作り「ものぐさ」を自称する花田清輝が、母と彼が他郷で生きるためのイン・パーソナルなる「仮面」を選びながら、実は仮面からはみ出す涙を少年には見られていたのである」（「花田清輝の生涯」）

単なる映画好きの素直な親父像

どうも小川徹の文章は、花田と同じように〝悪文〟なので、読む者に真意が伝わりにくいという〝欠点〟があるが、薄汚れた大人の感受性を排して、汚れなきいたずら心の〝共通感覚〟で読めば、その言わんとしていることは、明確に素直に伝わる。

映画を観て他愛なく興奮したり泣いたりする。泣いているのを息子に指摘されると、シャカリキになって「泣きはしない」と強弁する花田清輝を、抱きしめてやりたいという気持ちにならないだろうか。普段の言動とは、まったく別人の単なる映画好きの素直で平凡なパーソナル親父だったのが花田清輝の実像である。

ある映画雑誌の編集者が原稿を貰って帰り際に「花田さんは批評家としてではなく、一映画ファンとして書いてくださいますので」と述懐していたと黎門は書き継いでいるが、ここにある本質を見据えなければ、本当の花田清輝を理解することは出来ないだろう。彼は息子に対して「娯しみが仕事になっちゃうから映画批評はいやだね」と言っていたそうだし、実際に息子を連れて映画を観に行く時だけは、職業批評家の顔は持たなかった。

小川徹は、安っぽいものでも涙を流して泣くのを見られても、頑強に「泣きはしない」と言い張る花田清輝を次のようにかばう。

「映画批評では、涙を隠しても、それとわかるような表現が多少あったような気がする。それは空々しい前書きをこねくり回している文章がそれだ。一概にはいえないがスクリーンの前では自然だった。それは一言〝泣いた〟といえばすむところであったろう」（「同」）

まさか花田を「批評家としてではなく、一映画ファンとして書いてくださる」と、真の批評の神髄を喝破した編集者が小川徹ではあるまいが、ここにこそ〝職業批評家の眼〟ではない、純粋な眼を持つ〝本物の批評家〟がいることを皮肉に絶賛しているわけだ。

誰が花田清輝の文章を〝難解〟と決めつけるような感じにしたのだろう。こんなに子供のように平易な文章は他にあるまいと思えば、他愛ない映画に涙する彼の気持ちは恐ろしいほど素直に伝わってくる。泣きじゃくりたいのに涙をこらえ、訳の分からいような駄々をこねていても、貴方が間違いのない優しい母親の気持ちを持つことが出来れば、彼が言わんとしていることは真っ直ぐに伝わってくるはずである。

花田清輝は〝映画批評家〟ではなく〝一映画ファン〟であるという視点、ここに本当の花田がいる。確かに映画について論じてはいるが、どちらかと言えば、彼は映画にかこつけて論じ、議論を展開させ、芸術の綜合化への道を愚直なまでに突っ走ったのだった。

編集者・松本昌次に伝わる花田の心情

小川徹ばかりではない。「映画的思考」を一冊にまとめた未来社の編集者・松本昌次も花田清輝の〝同志〟ともいうべき編集者だが、この本物の批評家・花田について嘆きながら絶賛する。

「映画的思考という耳慣れない言葉、それ以後に花田さんが慣用した視聴覚文化という言葉は、映画やテレビなどを、詩や純文学や芸術批評などより一段低い大衆芸能の媒体としか考えない文学界には、いささかも理解されませんでした。先駆者の光栄でもあります」(「『新編映画的思考』—コンモン・センスの探究」)

松本昌次は花田清輝のすべてを理解していた。この文章の中で、すでに昭和二十六年に花田が映画について初めて書いた「二つのスクリーン」というエッセイが「映画的思考」という表題の一冊に集約される予言的テーゼであったことを紹介しながら、ご本尊の名文句を掲げて、その先駆者ぶりを強調する。

「十九世紀末の象徴主義者の音楽的思考が、二十世紀前半期における超現実主義者や抽象芸術家の絵画的思考や幾何学的思考に席をゆずったとすれば、これからあらわれるアヴァンギャルド芸術の否定の上に立つあたらしいレアリストは、あるいは映画的思考の持主かもしれません」(同)

少し難しいが、言っていることは明白である。花田清輝は時代とともに前進しなければならない芸術家の思考が、時代とともに音楽的思考↓絵画的思考・幾何学的思考↓映画的思考へと発展して行く必然性を分かりやすく宣言しているわけだ。やんや、やんや！　映画的思考バンザイ！

文学界に突きつけた花田の挑戦状

だが、活字文化に安定し旧弊に捉われている文学界や芸術家センセイたちは、花田清輝の予言を受け止めることさえ出来ない。この「映画的思考」は、それまで書かれた花田の映画をめぐって書かれたエッセイのほとんど全部を集めたものだけに、花田&松本のコンビの意気込みは大きかったが、結果は無残、初版二五〇〇部のまま消える運命にあった。二人の落胆ぶりは想像に余りある。その制作過程を、もう一度振り返って見よう。

「正月三日。巣鴨まであるき『ロンリー・マン』を見た。監督の名前は忘れた。例によって例のごとき西部劇である。しかし『ロンリー・マン』という題名はいい。身につまされる」（「シュル・ドキュメンタリズムに関する一考察」）

長年、その思いを引きずっていたのだろう。花田はこの映画の一場面を「映画的思考」の表紙のカバーにしてほしい、と編集者・松本昌次に希望する。

「アンソニー・パーキンス扮するカウボーイ姿の主人公が、馬にまたがり、つばひろのハットを深々とかぶった頭をななめ左にうなだれ、西部の荒野をトボトボと一人でやってくる場面です。（中略）孤独な寂しさをたたえて風にさからって進んでくるロンリーマンから複写したカバーは、意に反して低俗そのものの仕上がりでした。それを見た途端（中略）花田さん特有のテレたような優しい微笑を浮かべ『こういう本が、俺には一番ふさわしいのさ』といった花田さんが忘れられません。（中略）花田さんの珍しくも心情的な思いが、惻惻と伝わってくるような気がします」（「新編映画的思考―コンモン・センスの探究」）

もう、涙が出てしまうような著者と編集者の間柄ではないか。松本昌次は花田とともに「映画的思考」の無残に仕上がったカバー写真を嘆きながら、さらに小声で呟かなければならなかった。「映画的思考という言葉自体が活字思考の枠内でしか考えない、また他と関係しない文学界に対する一つの挑戦状だったのですが、果たして誰がどのように、この花田さんの問題提起を理解するのだろうか。所詮は嵐を背景に孕んだロンリーマンに過ぎないのか」(同)

これは花田清輝を理解しえない文学界と、あらゆるメディアを含めた日本の現状に怒りを持つ人たちにとって象徴的な〝花田像〟と言える。

身は売っても〝芸は売らない〟先駆者

しかし、これはそれほど悲観的に見るものではない。それはそのまま松本昌次が言うように〝先駆者としての光栄〟であると同時に、無数の理解者が存在することへの〝暗黙の自信〟でもあるからだ。例えば、関根弘は〝唯一の師・花田清輝〟に向かって、次のような讃辞を捧げた。

「内部の世界に対応する外部の世界の具体的なものに注目したところに花田清輝のアヴァンギャルド芸術の地平がある。岡本太郎は、それ以前のところに、絵画的思考にとどまり、花田清輝は、一歩深く、映画的思考に踏みだしているのである。いまごろになってそれがわかる」(「花田清輝―二十世紀の孤独者」)

関根弘は偉い。岡本太郎には可哀想な感じがする花田への讃辞だが、真っ直ぐに〝師〟を見詰め、深く理解していると言えないだろうか。関根は日々、花田が書いた「箱の話」の一節を、肌身に沁みるように実感していたに違いない。

「誰だったか忘れましたが、戦争中、芸は売っても、身は売らないといって威張っている作家がありました。たぶん、当人としては、良心的なつもりで、そういってたのでしょう。しかし、わたしは、いやしくも作家のはしくれなら、身を売っても、芸は売らないというのが本当じゃなかろうかとおもってました」（「芸は身を助く」）

もちろん、花田が芸で身を助けようなどとは、いささかも考えていない心意気だけを述べて済ませるほど単純な皮肉で終わるはずはあるまい。彼は続けて、こうとどめをさす。

「もっともわたしが、身を売っても芸は売らないほうがいいと考えたのは、しょせん、わたしの未熟なウデでは、買い手がつかないだろうとあきらめてたためかもしれませんから、べつだん、感心していただかなくともけっこうです。とすると、わたしとは反対の信念の持ち主のほうもまた、ささやかな芸以外に、売るべきなにものも持っていない人物だったのかもしれません。従って、私は、いまでも『芸は身を助く』というコトワザよりも『芸は身の仇』というコトワザのほうがすきです」（同）

松本昌次の「果たして誰がどのように、花田さんの問題提起を理解するのだろうか」という嘆きに思える言葉は、謙譲に満ちた自信と誇りの言葉と捉えなくてはなるまい。

さて、この松本昌次が今年一月（平成三十一年）、九十一歳で亡くなった。花田ばかりではなく、埴谷雄高、井上光晴など、戦後派作家と深く交流し、やがて影書房を創立、数々の良心的な出版を〝生涯編集者〟として出し続けた稀有な人材を、心から追悼したいものである。

三、演劇分野での革新的道づくり

旧派や新派、新劇の〝壁〟を超えて

映画だけに偏重していてはいけない。ある意味では花田清輝が一番力を注いだと思われる演劇活動に目を向けよう。

明治から始まる近代演劇の歴史を紐解けば、旧派と呼ばれる歌舞伎に対して壮士芝居、書生芝居の流れを継ぐ新派の活動、この新派と旧派の商業主義を批判し、芸術志向の演劇を目指した新劇活動など、さまざまなものがあるが、大衆化の波に乗って、アングラ、テント芝居へと展開された現代の演劇活動の推移を眺めて行くと、その中で花田清輝の果たした活動は限りなく大きい。

しかし〝興行実績〟という面から見ると、花田清輝の作品の舞台は、評論、小説と同様に〝ベストセラーの連発〟と呼べるものは、ほとんどといっていいほど見られなかった。これが花田が背負っている宿命なのか？　作品を舞台化する演劇関係者のレベルが低いのか？　はたまた低俗な観客が悪いのか？　永遠に続く暗夜行路なのか？

花田の戯曲が最初に上演されたのは、先に述べたように「泥棒論語」である。花田の原作は、昭和三十二年、雑誌「新劇」に発表されたもので、三幕六場の喜劇と銘打ち「『土佐日記』によるファンタジー」という副題がつけられているところなど、当時としては、斬新な戯曲として一部の〝眼〟のある人たちには驚きの目で迎えられていた作品だった。

それはそうだろう。ほとんど翻訳物の新劇、旧態依然とした「滝の白糸」的な大衆演劇ばかりの演劇界の舞台に、いきなり泥棒と乞食が飛び出してきて「戦争か、平和か」「泥棒をするか、乞食をするか」と叫び、同時に二人が「ああ！　しかし、それ以外に第三の道はないか！」と嘆息した途端、場面が変わって土佐の紀貫之と紅梅姫親子の優雅な会話に入るというプロローグは、従来の演劇には見られない破天荒な展開として瞠目されたのである。もちろん一筋縄ではない。

それは明らかに戦争（暴力）と平和（乞食）、そして〝第三の道〟を、したたかに提示する象徴的な意味合いを込めたものだけに、手の込んだ仕掛けがセリフの末端まで行き届いているような作品だった。ここにも〝映画的手法〟がたっぷり取り込まれているわけだが、先にも述べたように、この作品が「週刊読売」第一回新劇賞を受賞するという〝売れない作家・評論家〟の花田にしては、華々しい演劇界へのデビューだったと言っていいだろう。

勢いに乗って演劇運動のための「三々会」を安部公房、千田是也、野間宏らを巻き込んで結成したのも、いかにも花田らしいが、すでに前々年、綜合芸術、共同制作を目指す「記録芸術の会」を岡本太郎、大西巨人、竹内実、長谷川四郎らと旗揚げし、その機関紙「現代芸術」をみすず書房から発刊。これは季刊誌だったが、昭和三十五年には月刊にして勁草書房から出すようにしてしまうのだから、どこからこんなエネルギーが出てくるのか、と感嘆するしかない。

「泥棒論語」から始まる花田の舞台作品

時は六〇年安保闘争の真っ最中である。吉本隆明との大論争の渦中でもあり、戯曲を書いたり演劇活動など、やっている暇などないはずなのに、何と追い出されたはずの「新日本文学」常任幹事にも復帰、編集委員になってしまうという離れ業までやってのけるのだから、まったくどうなっているのか、呆れ果てる花田の活動ぶりだ。信じられない！

にもかかわらず、天下のＮＨＫに乗りこみ、テレビドラマの脚本「就職試験」「佐倉明君伝」を書き、放映されるのだから、もう何をか言わんや、である。しかし、こんなことは花田にとって珍しいことではない。彼は戦前の「文化再出発の会」時代以来、戦後の真善美社、「夜の会」や「未来の会」時代から「新日本文学」編集長時代まで無茶苦茶と言っていいほどの仕事をこなしてきた。天才、大明神・花田清輝にしかできない芸当なのである。

ま、それはともかく、この花田清輝の演劇界へのデビュー作「泥棒論語」を、私は当然観ていない。その頃はまだ花田清輝の名前も知らない愚かな学生時代だった。しかし、この作品は平成十七年、もう一度、シアターX自主企画「二年がかりのブレヒト的ブレヒト演劇祭二年目参加作品」として上演されている。この時はイソイソと東京・両国の旧国技館跡地に建てられた両国シティコア内の劇場に足を運んだ。何しろ宣伝文句が素晴らしい。

「台頭する暴力に抗して、手弱女ぶりを武器に一貫して非暴力を貫いたアンチ・ヒーロー歌人・紀貫之ら一行のディスカッションな旅日記。花田清輝入門編！」ときたもんだ。これが行かずにいられるものか！　花田エピゴーネンの心意気である。

誰も発想できない斬新な「爆裂弾記」

つづく「爆列弾記」は、昭和三十七年に雑誌「群像」に発表された四幕物で、これまた戯曲というより四つのオムニバス小説を組み合わせて、混沌とした明治時代社会の断面を刀とダイナマイトで切り裂き爆破する壮絶なコントとでもいった趣向の、おそらく誰にも発想できなかった作品といえるだろう。

この戯曲は読めばすぐ分かることだが、明治十八年、自由党左派・大井憲太郎を中心に、東洋のジャンヌ・ダルクと呼ばれた景山英子などが絡む「大阪事件」と呼ばれる出来事を取り上げた堂々たる意欲作である。しかし、花田の手にかかると、登場人物に大井憲太郎や景山英子が華々しく登場するわけではない。もちろん、それと思わせる壮士や女壮士が蠢くが、時流に乗った有名人などではなく、第一の壮士とか、女壮士A、Bの扱いになり、無名の半端者の群像となる。

もっとも自由民権運動がらみだから、板垣退助などの大物の名は台詞の中に頻繁に出てくるが、いずれも虚仮《こけ》にされて「民権かぞえ歌」の高まりに飲み込まれてゆくのだ。

もともとは俳優座の依頼によって書き上げた台本だそうだが、公演スケジュールの都合で日の目を見ずに捨て置かれたものを、昭和三十八年に劇団演劇座によって高山図南雄の演出で上演されることになった作品である

これなどは観客の入りはガラガラで、公演実績としては惨敗したものの代表格ともいえるが、昭和六十年代から七十年代にかけて盛り上がったアングラ、テント芝居などと呼ばれる演劇運動の先

がけともいえるものだった。

「ものみな歌でおわる」という記念碑

さらにさまざまな意味で話題を集めたのは、次の「ものみな歌でおわる」の上演である。しかし、一般の関心は日生劇場という〝超デラックス劇場〟に向けられていて、演劇そのものは付け足しの感が否めない。いや、この作品は多くの人から失敗作として評価され、むしろそのことの方が話題になったというべきだろう。

とはいうものの、序章で詳しく述べた通り、この作品は鳴り物入りで喧伝された芸術の殿堂の〝こけら落とし〟として上演されたものであり、戯曲作家・花田清輝の存在を歴史に刻んだ記念すべきものだったことには変わりはない。その時、私は日生劇場オープンセレモニーの現場に居ながら、まったく関心を持たない愚かな青年でしかなかったが、十年余りの時を経て、木六会による俳優座劇場での再演を観て、はじめて花田戯曲の素晴らしさを思い知らされるのである。

もっとも、悪評紛々だったこの〝歴史的名作〟を初演当時から高く評価し、エールを送っていた人もいることを忘れてはなるまい。加藤郁乎——あなたは偉い！

「戯曲『ものみな歌でおわる』が舞台にかけられたとき、これはドラマというようなものじゃない、といった風な専門家筋の半ちくな意見が一部にあったと聞いているが、これなど、抜く手も見せぬ花田流のアレゴリー剣法にまんまとしてやられたわけであろう」（「ネバ・モア」）

二幕十二景、「かぶきの誕生に関する一考察」という副題がつけられたこの作品は、花田ならではの「一部のエリートによって支えられる文化ではなく、下から盛り上がっていく文化」とでも言った綜合化を歌い上げるもので、花田作品の一つの極地だと言っても過言ではないだろう。この一作の中に花田清輝が主張してきたすべてが含まれていると言ったら褒めすぎだろうか。

佐渡の金山奉行、関白秀次の遺臣、出雲のおくに、大道芸人・楽阿弥、牢人・名古屋山三郎などによって織りなされる人間模様は、これまで絶え間なく走り続けてきた花田清輝の活動の足跡を象徴的に網羅しているのである。ここで、千変万化、複雑怪奇と思える花田の言動は、すべて逆の愚直ともいうべき〝たった一つの歌〟を歌うことに集約されるのだった。復興期、転形期の精神も、錯乱の論理も、アヴァンギャルドも、新日本文学も、数々の論争も、視聴覚文化も花田が目指す〝大いなる綜合〟への歩みにしかすぎない。

一つの分野にとどまって、いい作品が出来たとウットリしているような職人根性だけではいけない。常に出来上がったものを破壊し、永遠に次の創造へ進まなければならない。この花田の信念は〝永久の未完成〟という思いに短絡しかねないが、花田は「永久の未完成、これ完成である」と嘯くだろう。

だから、花田は「ものみな歌でおわる」が再演される折、単なる原作者の立場に収まっていなかった。おそらく彼は千田是也の演出が気に入らなかったに違いない。千田を喫茶店に誘い、そのまま置き去りにして稽古場に取って返し、役者に演出者とは違うダメ押しをしたというエピソードも残っているから、演出の分野にまでちょっかいを出したことになる。戯曲という活字文化の原作者として満足せず、それを上演する視聴覚文化の創造者としての一翼を担ったというべきだろう。

千田是也を擁護する花田の優しさ

しかし、花田清輝は気に入らない演出をする千田是也を否定しているわけではない。彼は林達夫との対談の中で「千田さんは大いに頑張った」と擁護するのだ。たとえば、

「千田君のところへ責任がかかっちゃ悪いけれど、セリフが通るようにしゃべる――これは声量だけの問題じゃない。今度はベテラン俳優は少ないんでしょう。(中略) これからの課題はセリフだね。花田君がハイ・ブラウなせいもあるもあると思うが、予備知識があるとダブルイメージでとらえられる面が多いんだが、――とにかく新劇人でない作家の特徴がよく出ている」(「木六会ニュース」第4号)

という林達夫に答えた花田の千田に対する擁護は「演出だけに問題があるのではない」という事なのだ。ベテラン俳優ではなく「ぜんぶ若い無名人でやれ」と主張する花田の意見を入れて、若手中心の舞台になった再演である。花田が擁護した言葉は、作品と俳優との中間にいて、常に教える形にならざるを得ない演出家の苦労を充分理解しているものだった。

たしかに演出の千田是也は、花田の不満も承知していた。初演も再演も彼なりに、現状での最善を尽くしたと言ってもいいだろう。

「『ものみな歌でおわる』には、演劇論、演技論、ひろくは芸術論も語られていて、憑依とか〝ものまね〟とか〝遊び〟とか〝かぶく〟とかいうことは、そもそも何かということが突き付けられているんで、俳優たちがそのことに驚いたり、面白がってくれるようにいろいろ仕向けてみたんですが、それを自分たちの演技に生かすところまでは、なかなかいかなくて……」（「木六会ニュース」第4号）

と千田是也は述懐しているが、これに対しても、花田は千田には「役者の自発性は大いに必要なんだけれど、現状はまだ教える段階ではないのかな」と呟き、林には「プロの人が見ると具合が悪いらしいですね」と、限界を承知しながら、謙虚に疑問を提出するだけである。詩人も小説家も新劇人も皆、狭い壁を作ってウロチョロしている。そこを突破しろ、というのが本音だろうに――。

優しい男なのである。

いずれにしても、このようなスタッフ、キャストの格闘によって悪評高かった「ものみな歌でおわる」は、演劇界の喝采を浴び、初演の悪評を覆すことになったと私は思いたい。

四、連歌に通ずる視聴覚表現

魯迅の「故事新編」で共同制作に挑戦

きわめつけは、次の木六会公演となった「故事新編」である。

豪華な日生劇場で初演の「ものみな歌でおわる」が「ものみな不入りでおわる」とまで言われたほどの惨敗であったのに対し、小さな俳優座劇場での再演は、大入り満員の成績を収めたのだから、演劇集団「木六会」の意気が上がるのは当然のことだった。

劇場の大小だけの問題ではない。出演俳優の顔ぶれを見ても初演では水谷八重子（初代）と仲代達矢をメインに錚々たるベテラン助演陣を配したのに比べ、再演ではほとんど無名に近い顔ぶれである。一般に名が知られているのは、出雲のおくにを演ずる河内桃子ぐらいだった。木六会はこれまでの演劇観を根本的に変える芝居をやるんだ、とでもいった勢いだったろう。

このような勢いの中から「故事新編」は生まれる。それもこれも花田清輝の影響が大きかったと言わなければなるまい。前宣伝のキャッチコピーは次のようなものだった。

「『ものみな歌でおわる』の上演でスタートした木六会では、次回の上演演目として魯迅の『故事新編』をとりあげる。劇化されるのは『故事新編』のなかから『理水』『出関』『非攻』『鋳剣』の四篇。注目されるのは、この四篇を花田清輝（鋳剣）、長谷川四郎（非攻）、佐々木基一（出関）、小沢信男（理水）の四人の作者による分担合作という新しい方法で書かれているものだ。すでにこの新しい試みの執筆が始められているのだが、必ずや大衆化への新しいスタートとなることだろう」（「木六会ニュース」第四号）

「若い無名の人たちでやろう」とけしかけたのも「故事新編」を提唱したのも「共同制作」を強調したのも花田清輝である。しかし、ここで注目したいのは花田が木六会のメンバーではないというところだ。盟友とでもいうべき長谷川四郎によれば、

「彼は木六会の会員でも何でもないんだが、作品に対する批評なんかで、作者だから、よく来て役者たちと話してね。よく話を聞いて、おもむろに答える、親切な人だった。（中略）この次、何をやるかということで、それで合作が出てきたんだよ。彼のもとからの主張だからね」（座談会「花田清輝の創造と運動」）

ということになるのだが、花田にしてみれば、これは〝合作〟ではなく、四人の作者がそれぞれ別の作品を書くわけだから、分担の合作であり、本当に意味の共同制作ではない。単なる〝競作〟だと思えて不満だったろう。

花田の共同制作の構想は、すでに昭和二十四年「夜の会」の報告集「新しい芸術の探究」から始まっていた。

「むろん、われわれの最大関心事は、徹底的な芸術革命を遂行することによって、国際的水準を凌駕する真に革命の名に値する、革命的芸術を創造することにあるのだ。この創造の場においては、これまでのいわゆる芸術運動のように大衆の啓蒙と称して、古くさい芸術の宣伝にしたがったり、形式の探究と称して、先進諸国の新しい芸術の模倣を試みたりすることは許されない。われわれは、相互のあいだの討論が白熱化し、われわれの自己批判が峻烈をきわめるゆえんである。まずわれわれは、共同研究から出発する。近き将来において、われわれの研究は共同制作にまで発展するであろう」

長々と引用したが、この強烈な〝宣言〟を「故事新編」の舞台化に初めて実現させようという花田の意欲と他のスタッフとのとの姿勢には、温度差というか、大きな開きがあったことは確実である。四人が分けて書くのではなく、四人がすべてに参加して台本を練り上げたかったろう。

つまり、オムニバスの試みをすでに「泥棒論語」でやり尽くした彼としては「故事新編」では、四つの物語すべてを共同執筆するという段階に進みたかったに違いない。だから花田は、完成した四人の作品を読んだ後「面白くない」と「故事新編」を批判したというのだから驚く。

「花田清輝には、いつでもそういうところがありましたよ。火をつけておいて、それから否定的なことを言ったりして。（中略）つまり彼の考えてるのと違うからね、きっと。もとのがあって何かやる、というのと違って、連歌的というのかね。一人が書いて、それにまた別の人が書くというね。『故事新編』はそういかないからね。そういう点でちょっと不満だったと思う」（同）

と長谷川四郎は〝競作者〟でありながら、プロデューサーの立場からも大いに理解を示しているが、木六会のメンバーではなかった花田がメンバー以上に演劇運動の先頭に立って、改革を進めていたことは確かである。

ニセモノとホンモノを見分ける眼

いずれにしても、魯迅の作品を上演することを提案した花田は、伝統の批判者であり、その批判を通して新しい伝統を作った魯迅を、自分のように思っていたからに違いない。

「魯迅ほど歴史の中の敵と味方を、明確に意識しわけていた作家はいない。彼は時には自分の中にまで、敵と、そして味方を発見し、内心の敵に対して容赦ない剣をふるった。また味方のなかのニセモノとホンモノを見分け、それに向かってもきびしい批判を加えている。そのため、彼を表面でだけとらえる観察者は、彼を誤ることも少なくなかった」(「歴史との対決――『故事新編』の劇化」)

と言う尾崎秀樹の一文は、魯迅を花田清輝に置き換えても、少しも違和感がないと感じるのは、私だけだろうか。

木六会の「故事新編」で花田清輝が担当したのは「鋳剣」の一篇である。これがまた凄い。「首が飛んでも――眉間尺」と名付けられて書かれた内容は、少年と奇術師と王との三つ巴の闘争図とでもいうべき一幕ものだが、激しく争う三者はいずれも花田清輝自身であり、中でも少年は、歴史における自己否定を通しての本人そのものであるように私には思えた。

残る課題は観る側の問題である。この頃になるとアングラ、テント芝居の全盛期となっているから、林達夫に言わせれば〝ハイ・ブラウな花田君〟は、どうしても分が悪くならざるを得ない。「芝居を観たら脚本を読む、逆に脚本を読んで芝居を観るくらいの親切さが観客にないと、花田清輝が損をする」ということになってしまう。小説や戯曲なんか読んでいられるか！ 劇画を見る方がよっぽど分かりやすいという時代になると、花田清輝は、これまでと同様〝売れない劇作家〟に甘んじなければならなかった。ああ！

綜合と〝質〟の高さを貫く不動の精神

視聴覚文化の面から言えば、これを提唱する花田にとって、皮肉にも良い時代になったとも言えなくないが、ギャー、ギャー、ギャー怒鳴っていれば豊かな視聴覚文化の表現というわけではない。日生劇場初演の「ものみな歌でおわる」の不評にさえ花田は堂々と論陣を張り「分かるやつにしか分からん」と嘯き、びくともしない。不動の信念を貫いて再演で実証して見せた。

飯沢匡は言う。「氏の劇作は、総てもう一度、優れた演出家により、質の良い俳優によって再演されるべきだと思う。（中略）花田氏が如何に予言者であったか改めて強く判ることだろうと思うからである。ただ、あの洒落た表現がいまのヤングにどこまで判るかと、やや心配であるが……」（「花田氏の先見性」）と――。

ありがたい飯沢匡の発言だが、ある意味では、観る側の課題など、花田清輝の眼中にはなかったのかもしれない。

観客が入ればいい、大入り満員ならすべてよし、若い者に人気があれば大衆化の名目をつけて褒めあげる、といった演劇を目指すのではない。アングラ四天王と呼ばれた寺山修司の天井桟敷や唐十郎の状況劇場、鈴木忠志の早稲田小劇場、佐藤信の黒テント、そして浅利慶太の四季などの活動にケチをつける気は毛頭ないが、花田清輝の演劇の目指すものは、時流に乗って商業演劇として成功すればよし、というものではなく、あくまで芸術全体の綜合進化を目指していた。だから、彼は世評におもねらない。良いものは良い、という〝質〟の問題だけが勝負なのである。

だからトータルな意味で世評は低かったが、岩田豊雄＝獅子文六や庄司薫＝福田章二の作品群も、花田は手放しで評価したりもする。彼にとっては演劇界だけではなく、文壇、学会、政界、スポーツ界など、あらゆる世界に残っている、言ってみれば〝家元制〟のような、ヌメヌメした〝権威〟のようなものに対して断固として戦う姿勢しかなかったのかもしれなかった。

この世に固定する無限の限界、制約、固定した考え方、ステレオタイプ化した意識などを本気になって打破して行こうとする花田清輝の姿に惚れ惚れするばかりである。

さて、悲しいことだが、この「故事新編」は、昭和四十九年十一月、俳優座劇場で広末保、千田是也の演出によって上演されるが、これは花田清輝の追悼公演となった。原作はこの年の五月に完成していたが、本人は本舞台を観る前に亡くなったのである。東京新聞の「大波小波」などの匿名記事は、倒れて入院するまでは書きつづけていたが、まとまったものとしては、これが絶筆と言えるだろう。

第十二章

生涯を賭けて、ただ一つの歌を——

私は彼を花田大明神と呼んでいる。

（飯沢　匡）

白熱する素朴の前にあっては、あらゆる精密な思想も――それが思想にすぎないかぎり、すべて色蒼褪めてみえる。高らかに生の歌をうたい、勝ち誇っている死に対して挑戦するためなら、失敗し、転落し、奈落の底にあって呻吟することもまた本望ではないか。生涯を賭けて、ただ一つの歌を――それは、果たして愚劣なことであろうか。

（「歌――ジョット・ゴッホ・ゴーガン」）

一、晩年の珠玉の小説・エッセイ集

晩年とは何歳からのことをいうのか？

花田清輝の晩年とは、彼が何歳ぐらいからのことを指すのだろうか——。

普通、晩年とは、それぞれの人生の終わりに近い時期のことを言うらしいが、これは個人や時代によって大いに変化する。また、夭折した人に対して、幼少期を晩年と呼ぶのは変だし、人生百年時代と喧伝されるいまどき、五十歳や六十歳代は働き盛りで、晩年という呼び名は似合わない。

しかし、花田が亡くなったのは六十五歳だから、ずいぶん早死にをしたものだと思うが、平均寿命が長くなったとはいえ、現代でも年若くして亡くなる人は、いくらでもいる。また一応、五十歳以上生きていれば、時代感覚からズレることも、それほどなさそうだから、たっぷり時間を取って、五十歳前後頃からを花田の晩年と呼んでも不思議はないだろう。

が、決まっている。花田清輝には晩年などという世間並みの年齢観念などありはしなかった。そんなものは、馬に食わしてしまえ、などと威勢のいいことも言いはしなかったが、明らかに彼は、年齢などという問題には無頓着に、ひたすら回遊魚のように人生を泳ぎまくっていたに違いない。だが、こんなことぐらいは言ってやれる洒落っ気は充分すぎるほど持っていた。

次に掲げる一文は、川本三郎が「花田清輝のふまじめ」という文章を雑誌「展望」に発表したとき、花田が〝返礼〟として「近ごろ、一読に値する出色の文章であろう。まじめな批評家をもって自任している川本三郎が、ホントはあいつもふまじめ派じゃなかろうかとうたがわれかねないほど、対立者にたいする深い理解を示しているところがいい」と、たっぷり皮肉に〝激賞〟しているのを、私は腹を抱えて笑って読んだことを思い出す。いや、花田は本気になって褒めていたのかもしれない。まずは、その切れ味をたっぷり味わってほしい。

「花田清輝はまじめな人間だ。しかし、まぎれもなく、ふまじめな批評家なのである。そこに気づいただけでも、『吉本千年、埴谷万年』の世代としては大出来だというほかはない。ツルは千年、カメは万年、浦島太郎は八千歳。――やつらは、みんなおめでたいシロモノさ。／ところで川本三郎よ、こんどは、ひとつ、批評の方法としてのまじめを論じてみては如何なものか。例によって例のごとく、八方破れの構えで、まじめな批評家の大部分が、ふまじめな人間であることをバクロすれば、もっと大向こうをうならせることができるであろう。その結果、まじめな批評家たちのあいだで『村八分』になれば、ますます、おもしろい。ビクビクするな！」（「箱の話」まじめな批評家）

そして、これが書かれたのは昭和四十八年（一九七三）のこと。花田が意識しようがしまいが、亡くなる前の年なのだから、否応なく〝晩年〟だったのである。

「群猿図」から始まる花田清輝の〝円熟〟

というわけで、少し強引な感じはするが、花田清輝の晩年を五十歳前後からと無理やりに設定して、彼の仕事ぶりを改めて眺めてみると、ひときわ輝いているのは、歴史の動乱期を素材にした珠玉とでも言いたい小説やエッセイの数々だろう。

昭和三十五年（一九六〇）六月「群猿図」を「群像」に発表したのは、花田清輝が五十一歳のときだった。後に「鳥獣戯話」としてまとめられる連作小説の第一作である。

このあたりからからが花田の〝晩年〟としたいのは、私の思い入れであって、異論があるのは当然だが、誰にも真似が出来ない彼の作風にますます磨きがかかり、花田清輝の〝円熟期〟とでもいった作品になっていることを否定する人は少ないだろう。そういう意味で私は「都より甲斐の国へは程遠し御急ぎあれや日も武田どの」という「犬筑波集」の一首の解釈から始まる「群猿図」というエッセイとも評論ともつかない小説によって、花田の〝晩年〟が始まったと、勝手に決めてしまっているのである。

筆の勢いには、それほど目新しいものがあるわけではない。例によって、よほど神経を尖らせて読まないと、置いてきぼりにされてしまいかねない複雑で難解な内容を持っているが、全体として一種の自然に備わった風格のようなものが、否が応でも伝わってくると感じるのは、私があまりにもこの作品に入れ込み過ぎているからだろうか。その奇想天外な武田一族の兵法書を通して、花田自身の戦略の解説書とでもいった内容を持つこの一篇に、私は改めて花田清輝の誰にも比肩することが出来ない偉大さに惚れ直さなければならなかった。

ここまでくると、多くの花田ファンにも笑われてしまいそうだが、複雑だろうが難解だろうが、聞き慣れた〝花田節〟に身を任せて、翻弄されるのを楽しむのが正解と言わなければなるまい。

この「群猿図」は「鳥獣戯話」の第一章であり、続く第二章「狐草紙」、第三章「みみずく大名」によって完結する。普通の小説なら第一章と第二章、第三章には連続性があり、大団円に至る筋道がストーリーとしてあるはずだが、そんな連続性などは何処にもない。各章とも独立した内容のオムニバス構成になっているところが、いかにも花田清輝らしい〝小説〟なのである。

しかし、単なる連作ではなく、室町時代に最盛期を迎えた〝連歌〟の精神のような、一作一作の間には微妙に繋がる一本の呼吸があり「狐草紙」「みみずく大名」と続く第二章と第三章を含めて「鳥獣戯話」という一つの作品となっているのだから、震え上がるほど感動させられてしまうのだ。花田清輝の作品はいずれも〝珠玉〟であって、どれが最高傑作と決めることなど出来ないが、強引にこの「鳥獣戯話」に絞り込む人がいたとしても、私にはまったく異論はない。

なるほど、なるほど。〝サル〟と〝キツネ〟と〝ミミズク〟か――。

甲斐の武田一族が戦国時代最強の軍団だったことがよく理解できるし、その武田一族が天下を取ることが出来なかったこともよく分かる。

そして、私は何よりも花田清輝の〝戦略〟あるいは〝生涯を賭けて、ただひとつの歌を――それは、はたして愚劣なことであろうか〟と呟く真意を解くカギがここに在ることを思い知らされたのだった。私の目の前には、武田信玄によって禁治産者として追放された実父であり、暴君でもあった武田信虎の姿が亡霊のように花田清輝の姿とダブってクローズアップされるばかりである。

虚を持って実となす「俳優修業」の世界

落語や講談に詳しい人たちには三遊亭円生や林家正蔵の名演でお馴染みの内容かもしれないが、続く花田の小説「俳優修業」は「鳥獣戯話」に次ぐ連作小説の大傑作としか言いようのない作品であり、ただ、ただ作者の途方もない思考の広がりに平伏して読み進むより仕方がないのである。

とにかくすごい。歌舞伎の世界の芸談であり、大根役者・沢村淀五郎が〝主役〟なのだが、まず、異色の浮世絵師・東洲斎写楽の芝居絵から説き起こす導入部から「虚を持って実となす」というテーマを追求する〝大小説〟だと言わなければなるまい。もっとも好みの問題で、眉を顰めるマジメな人もいるかもしれないが、私のような花田エピゴーネンには、興奮して〝お漏らし〟してしまいそうになるほど面白いのだ。

そう言えば、この小説の中心となる、本当か嘘か、実在する資料なのかどうかも危うい「四徳斎雑記」という沢村淀五郎の芸談の題名は「シトクサイ——小便臭い（尿《しと》臭い）」という意味であり、これが芭蕉の「蚤虱馬の尿《しと》する枕もと」という一句に由来するものとすれば、川本三郎が花田を〝ふまじめ〟と言うのを納得する人も多いだろう、と、私は大いに笑わなければならなかった。

とにかく、近松門左衛門の「虚実皮膜論」も万象亭（江戸の戯作者・森島中良）の洒落本「田舎芝居」も、たっぷり彷彿させながら、沢村淀五郎の「四徳斎雑記」に至る内容に、読者は否が応でも読み進むにつれて、万華鏡のような光彩を放つ世界に惹き込まれてしまうのである。

七つの連作とエピローグとも言うべき文語調の「敵役芸談」で締めくくる構成で、花田が「どうだ！　見たか！」と大見得を切っているような感じがするのが恥ずかしいが、ここには、まったく異質の感性を持つ坂口安吾と太宰治を一つにしたようなファルスの精神と「いざ、道化服をつけよ！」という叫びとで、血だるまになって悶えている作者の胸中を思い測らねばならないだろう。

これを花田の最高傑作という人がいても、私はさらさら反対するつもりはない。ここにも生涯を賭けて花田が歌い続けた〝ただ一つの歌〟が高らかに聞こえるではないか！

「小説平家」に見る推理と論理の説得力

つづいて「小説平家」。これが書かれ始めたのは、花田が五十二歳から五十六歳頃のことだから、さらに脂が乗って円熟した連作小説の決定版と言わなければなるまい。

息もつかせない勢いで「平家物語」の作者不詳をトコトン追求する導入部から、興奮の渦に読者を巻き込んで行く。吉田兼好の「徒然草」にある信濃前司行長説を覆し、実は海野太郎幸長であると断定する説得力に、私はただ、ただ畏れ入るより仕方がなかった。正史とか一等史料とかをありがたがるアカデミズムなど歯牙にもかけず、花田ならではの論理と推理が光り輝くのである。

天台座主・慈円の下では浄寛を名乗り「平家物語」を海野太郎幸長が書き上げたことを立証するために、さまざまな古文献や歴史的事実が引用されて、最後に各地を放浪する盲目の琵琶法師・西仏（生仏）となるまでに、進士蔵人道広、最乗坊信救、大天坊覚明を経て浄寛に至るまでの名前の変化だけでも目まぐるしい。ここでも虚と実が入り乱れているわけだが、フィクションでありながら、歴史的事実であるかのように思わせてしまう花田の圧倒的な力量が、読む者を惹きこまずにはおかないだろう。この第一章「冠者伝」だけでも、私はどんなミステリー小説の傑作より百倍も面白いと思わなければならなかった。

続く第二章「霊異記」は、一転、富士山の「人穴」「風穴」「胎内」などと呼ばれているものの起源に話が飛ぶが、これは最初に発表された時は「冠者伝」の第二章であり「清水の冠者」と名付けられていたものである。もともと「冠者伝」は独立した一篇であり、後に「小説平家」の冒頭に組み入れられた作品らしく、第一章は「五徳の冠者」だったことを知る人は、ほとんどいないだろう。花田が五十四歳の折に刊行され始めた未来社の「花田清輝著作集」（全七巻）の最終巻では「冠者伝」は「平家物語」の第一章と第二章で完結する連作小説の一篇として収録されている。

まあ、そんなことはどうでもいい。「大秘事」「御舎利」「聖人絵」と続く各章は、それぞれ一篇の独立した〝小説〟としても濃厚な源平盛衰の内容を持っており、トータルに〝平家物語作者考〟に連なる一大絵巻として迫ってくる。そして、彼が第四章「御舎利」の最後の部分で、次のように宣言しているのを読んで、若かった頃の私は、感動の涙を禁じえなかった。

「偽物にもまた、本物と同様の――いや、時として、本物以上の存在理由があるというのが、終始一貫、わたしの立場なのである」

このように花田は、サンチョ・パンザにも、メフィストにも、そして私のような〝花田エピゴーネン〟にも優しい言葉を投げかけてくれるのだから、胸を張って良いのだと思う。そう言えば折口信夫も〝本物〟より〝もどき〟に光を当てる複眼を持っていた。坂口安吾のファルス精神も同様と言わなければなるまい。だから、もちろん私は、この「小説平家」を花田の最高傑作とするという人がいたとしても、さらさら異存はない。私に言わせれば「祇園精舎の鐘の声、諸行無常の響きあり」ではなくて「花田行者の筆の声、諸行有情の響きあり」でもあるのだから。それは決して、ただ一つの歌をうたい続けようと試みるものにとって、愚劣なことではない！　ああ！

「室町小説集」に輝く豊饒な虚偽以上の真実

きわめつけは「室町小説集」だ。ここに収められた「『吉野葛』注」「画人伝」「開かずの箱」「力婦伝」「伊勢氏家訓」の五篇は、花田が六十一歳から六十四歳にかけて「季刊芸術」と「群像」に発表した小説群であり、最晩年の作品集である。

もう、花田清輝は完全に遊び戯れ、楽しんでしまっている。たとえば冒頭の「『吉野葛』注」では、谷崎潤一郎を偉大な小説家であると認めながら「ひとくちにいえば、失敗作を、つぎつぎに発表していった大胆さに感心している」と言って玩弄しながら、日本の南北朝時代を完璧に解き明かす。「画人伝」は、室町時代に頂点に達した肖像画の流行に始まり、足利義政の同朋衆だった阿弥派画家・小谷忠阿弥を中心に語られる絵画の世界だが、絵に興味のない人にとっても惹き込まれてしまうほど面白い。「開かずの箱」は、皇位継承の神璽「曲玉」が入っている箱のことで、この争奪戦に手に汗を握らせられること請け合いだ。

「力婦伝」には、講釈師の名人が語っているようなマムシ捕獲の描写があるが、これは中野孝次が指摘するように、実際にマムシを獲ることが出来る人にとっては絵空事の描写であり、噴飯ものなのだが、私のような花田エピゴーネンにとっては、手に汗を握る名人芸なのだから困ってしまう。「伊勢氏家訓」は、伊勢流の礼儀作法に関する蘊蓄とも言うべきもので、この花田の博覧強記には、ただあっけに取られて、舌を巻くしか他ないだろう。

まあ、ざっとこんな調子で、花田は近海に蠢く〝雑魚〟ではなく、遥か大海に潮を吹いて悠々と泳ぐ〝大魚〟と言うイメージが広がってゆく。確か私は第一章で「お釈迦様など小さい小さい」という暴言を吐いたような気がするが、花田清輝は晩年に至って孔子様もはるかに超えたようだ。「己の欲することに従えど則を超えず」どころか「則を超えてさらに超える域」に達していると思ってニヤニヤしたくなるではないか！

こんなことばかり言うものだから、どうも私は、すっかり周囲の人たちから嫌われてしまったらしい。愛されたいと思ったら、相手に向かって「愛しています」と言わなければならないと、せっかく花田が口を酸っぱくして教えてくれているにもかかわらず「花田を愛しています」と言ってしまってはいけないのだろう。

どうやら私は、花田エピゴーネンとしても失格らしい。

とにかく、私は親しい人には、無人島に一冊だけ本を持って行くには、この「室町小説集」以外ないと喧伝するので、皆からそっぽを向かれるのが楽しくてしょうがないのだ。しかし、生涯を賭けてただ一つの歌を歌い続ける者にとっては、ささやかな楽しみの一つなのだ。ああ！

最後の時評集にしたかった「シラノの晩餐」

〝小説〟ばかりに止まっていてはならない。エッセイの方も少しは触れなければ片手落ちというものだろう。以後、花田の晩年の珠玉の作品群は続々と発表されてゆく――。

昭和三十八年（一九六三）六月、未来社から「シラノの晩餐」が出版された。ここに収録されている十六篇のエッセイは、彼が五十歳前後に書いた比較的分かりやすい内容を持つもので、「鳥獣戯話」などの小説に比べると、いささか重厚さに欠けるという人もいるかもしれないが、花田ならではの鋭く軽妙な筆に、ますます磨きがかかった作品と言わなければならない。これについて花田は、珍しく自分で〝時評集〟と位置づけ、同書の「あとがき」に次のように書いている。

「わたしもまた、つまるところ、あの有名なシラノ・ド・ベルジュラックの論敵だったポール・スカロンのように、ただ、食わんがために、これまで書いてきたのであろうか。／シラノは、ご承知のように無双の剣客だったので、自分を侮辱したとおもわれるような連中を、かたっぱしから決闘で倒した。したがって、そのシラノをいささかも恐れずに、さんざん、毒舌をふるったスカロンもまた、相当、ウデにおぼえのある人物だったにちがいないと考える向きもあるかもしれないが、これが、まったく、あべこべの、頭と胃袋以外は、全身これ病気の巣といったような、足腰のたたないイザリだったというのだから変わっている」

とまず、意表を突く「シラノの晩餐」というタイトルの解題から始まって、あっさり二人の毒舌の応酬に対して、天下の剣豪・シラノよりイザリのスカロンの方に軍配を上げてみせるのである。「どうやら諷刺の才能にかけては、スカロンの方がシラノより上手だったらしいのである」と。

つまり、文豪・ロスタンの最高傑作であるシラノを揶揄して見せて、頭と胃袋だけしか正常でないイザリのスカロンに花を持たせるところなど、この「あとがき」だけでも花田の神髄と言わなければなるまいが、これでシラノがスカロンに負けていると理解したら、すぐに背負い投げを食わされることになるのだから、毎度のことだが、応えられない。

「スカロンは書いた。食わんがために、書いた。（中略）とすると、わたしはスカロンとはちがう。わたしもまた、食わんがために書いたといえばいえるかもしれないが、――しかし、もしかすると反対に、食いっぱぐれんがために書いた、といったほうが、いっそう、正確なような気がしないこともない。たしかにそんなところが、これまで――いや、いまでも、わたしにはあるようにおもわれてならないのだ」（「シラノの晩餐」あとがき）

というわけである。「『当世書生気質』の系譜」から始まって「早替わりの哲学」「メロドラマの問題」など、十六篇の〝時評〟には、このような仕掛けが溢れるばかりに詰め込まれていて、晩年の花田が少しの衰えも見せずに輝いているのを、一人でも多くの人に読んでほしいものである。

腰が抜けるほど面白い傑作評論集の数々

花田が五十歳を過ぎてから刊行された傑作評論集は「もう一つの修羅」（筑摩書房・五十二歳）、「シラノの晩餐」（未来社・五十四歳）、「恥部の思想」（講談社・五十六歳）、「古典と現代」未来社・五十八歳）、「随筆三国志」（筑摩書房・六十歳）、「乱世今昔談」（講談社・六十一歳）、「東洋的回帰」（文藝春秋・六十二歳）、「冒険と日和見」（創樹社・六十二歳）、そして最後の「日本のルネッサンス人」（朝日新聞社・六十五歳）へと続く。一つ一つ小説群と同じように一言でもコメントをつけたいが、もはや予定の紙数を大幅にオーバーしているので、いずれも〝腰が抜けるほど面白い傑作評論集〟とだけ言っておこう。

晩年ばかりではない。没後も「箱の話」（潮出版社）、「さまざまな戦後」（読売新聞社）が相次いで出版され、懐かしや「アヴァンギャルド芸術」（筑摩出版）も再版される。そして死後三年後から始まり二年後に終わった「花田清輝全集」（講談社・全十七巻）へたどり着くわけだが、これほど充実した〝晩年〟を送った人間はいないのではないか、とさえ思わせるほどの華やかさだ。

いやもう、たまらない。また始まった！ と眉を顰められそうだから、少し難癖をつけておくと、これらの評論集の中には、編集者、あるいは選者が一つのテーマのもとに、一冊の花田清輝の作品集を作る場合、当然のこととは言え「復興期の精神」や「錯乱の論理」「映画的思考」などから珠玉中の珠玉を抜粋されたもので構成されている〝選集〟の感じになるのは当然で、読者は何回も同じ作品を読ませられることになりかねない。

私のような何回読んでも、そのたびに痺れている他愛ない〝追っかけファン〟なら良いのだが、少し上等な人たちは「これはもう読んでいる」などと損をしたような気持になるのではないかと心配するのである。かと言って、全集だけを勧めて他の本は買わなくていいよというわけにはいかない。決して花田清輝が悪いんじゃないよ。文章を二度売り、三度売りしているわけじゃないよ。買ってあげてね。と気が休まる暇がないのである。

まことに恥ずかしい話だが、ここでも念押しをしておこう。本当に何度同じものを読んでも、いや、読めば読むほど味が七色に変わって、その度に〝おいしい〟のが花田作品なのだから。

「東洋的回帰」「冒険と日和見」「さまざまな戦後」の三冊は、そういう意味で編集者の意図に沿った花田作品の珠玉を見事に集約したものであり、どの一冊を読んでも、花田清輝のエッセンスをたっぷり味わわせてくれる本であることを銘記しておかなくては失礼というものだろう。

私は「東洋的回帰」では「復興期の精神」をはじめ「錯乱の論理」など花田の初期作品から、晩年に至るまでの名評論を再び感動的に味わわせてもらったし「冒険と日和見」からも同様の文芸分野に絞り込んだ選択に新たな感動を覚えると同時に、安部公房の「詩のように評論を書いたのではなく、評論のように詩を書いた」という跋文が付けられていたのにいたく感心した。また「さまざまな戦後」は、追悼のための一冊だけに、味わい深い内容を持っている。私は個人的好みの、いかにも花田らしい「古沼抄」の一篇を何度も何度も読み返して涙したものである。

湖南文山の語り口をとる「随筆三国志」

他のオリジナル傑作集は、ただ読んでもらうことを願うばかりだが、還暦を迎えた年の暮れに出された「随筆三国志」については、どうしても触れておきたいことがある。それは中国文学者で文芸評論家の檜山久雄が花田を手放しで礼賛していることを知ったからだった。

「陳寿の『三国志』を一緒に読まないかと彼（花田）に誘われたことがある。そのとき彼は、原書の厖大な分量に尻込みする私に向かって、『なに、一週間に一冊ずつ読んでいけば、二月足らずですんでしまうさ』とこともなげに言ってのけた。彼はそんなスピードで資料を片っぱしから読破していったのであろう」(「『随筆三国志』讃」)

檜山は東大在学中から「新日本文学」の編集に携わって文芸評論を精力的に発表し続けていた人だから、花田清輝の弟子筋に当たるのかもしれないが、こと中国文学に関するかぎり、花田より専門分野である。そして、彼は「『三国志演義』からの引用を花田清輝はわざわざ元禄時代の刊本である湖南文山の『通俗三国志』に主として拠っている」と指摘し、普通は権威ある李卓吾本を改定した毛宗崗本に拠るものなのに、あえて古い湖南文山の訳文を踏襲しているところに、花田の本質を垣間見て「このような引用文自体が、著者の地の分と少しも調和を乱していないから不思議である」と絶賛しているのである。

私には専門的過ぎて、よく分からないのだが、この「講談張扇調といっていい古色蒼然たる文体」に花田が惹かれたのであろうと理解し、英雄豪傑がひしめく世界は、平易な現代文とはむしろ馴染まないという花田清輝の実感」を思いやる檜山久雄の読みの深さに、花田を深く理解している人は、決していないわけではないと感動したのだった。

いま人気絶頂の〝天才講釈師〟と呼ばれていた神田松之丞(現・伯山)ではないが、演台にパパンパンと扇子を叩きつけて、三国志の英雄たちを語る〝花田三国志〟は、腰が抜けてしまいそうになるほど面白い。もちろん吉川英治の「三国志」の面白さとは全く違う。

檜山久雄も述べているように、軍師として神様のような扱いをされている諸葛孔明を「孔明は政治家としても失格していたのではあるまいか」と塩鉄統制を批判したり、近年、劉備より人気が高い曹操を「孔明の天下三分の計にいたっては、ついに生涯にわたって、曹操の理解の範囲をこえていたのではなかろうか」と切って捨て、孔明を持ち上げてみたり、息をもつかせぬ〝花田節〟に終始するのである。

私はまだ多く残っているはずである諸葛孔明と、この軍師を三顧の礼で迎えた劉備玄徳を、いまだに肩入れする朴念仁だから、合理主義全盛の現代、曹操を高く評価する人たちからは、笑いものにされているが、この自分のセンチメンタリズムを大事にしたいと思わずにはいられない。

二、貫いた虚実皮膜の諧謔と純情の詩魂

花田清輝に〝凋落の季節〟はなかった

改めて〝花田の晩年〟を作品上で辿ってみると、いかにも大作家が〝熟成〟への道を悠々と歩ん

でいるように見えるが、そのような案内の仕方は、花田がもっとも嫌う形だろう。事実、現実の時代背景は、そんな甘っちょろいものではなかった。

私が言う〝花田の晩年〟が彼の五十歳代からとすれば、六十年安保の渦中から〝終焉〟を含む政治の季節であり、吉本隆明との〝大論争〟の最盛期から〝敗北〟のレッテルを貼られることまで含む、単細胞の連中から見れば〝凋落の季節〟であったことも、見逃してはなるまい。そして、十年後の七十年安保、学園闘争を経て、政治の季節が終わり、日本の高度経済成長がバブルと呼ばれる以前まで〝花田の晩年〟は、十有五年も続くのである。

その間、花田清輝は、先に紹介した比肩するものがないほどの〝小説〟や〝評論〟を老大家のように、ふんぞり返って書き継いでいたのではなかった。実に常人には決して真似さえできないほどの活動をこなしているのである。彼には〝凋落の季節〟など、一瞬たりともなかった。

吉本隆明に好きなように乱打を浴びせかけられ、負けたふりをしてみせることぐらいは朝飯前のパフォーマンスで、あの埴谷雄高の〝裁定〟も、花田との〝共同作業〟じゃないかと深読みするのが〝正解〟というものだろう。そんなことぐらいは阿吽の呼吸でやって見せるほど、一筋や二筋ではいかない〝意地悪爺さんたち〟なのである。

いや、むしろ二人は吉本の良いところを、ちゃんと見ていて、彼ら流に励ましていたのかもしれない。あの身も蓋もないような罵詈讒謗の応酬に誘ったのは、花田の方であることは、一連の〝論争〟の流れを見れば、誰でも容易に理解できる。しかし、いつの時代であれ、先輩に対する後輩の〝礼節〟があるはずなのに、その一線を超えて、収拾できないないほどの馬鹿馬鹿しい応酬に持ち込んでしまったのは、明らかに吉本隆明の方だった。

ここで〝礼節〟などという愚かなことを問題にするのは、さらにレベルを下げることになりかねないが、相手は〝明治生まれの男の子たち〟なのである。吉本が「お言葉ですが先輩よ」と、少し頭を低くしてさえいれば、もっと別の展開があったはずなのに、と惜しまれてならない。

もちろん、花田には「あまりいい気になりなさんなよ」という思いもないわけではなかったろうが、むしろ彼は歯をむき出してくる吉本を頼もしく思っていたに違いないとも思えて仕方がないのである。私の勝手な想像だが、たとえば、吉本が政治や思想と関係なく、大真面目に折口信夫を、

「現在の必要から詩の本質をたずねるには、発生の極小条件をみるのが有利である。さいわい、わたしたちは、詩の発生について、国文学者、折口信夫のすぐれた仕事を持っている。この驚嘆すべき研究は、学者たちのスコラ的な取扱いにゆだねておくには、あまりに惜しい気がする。鏡さえ用意すれば、成果は生き生きと現代の詩によみがえってくるのだ、と思われるからである。（中略）信仰起源説だから観念的だといったたぐいの俗論に、この学説を喰わせることは、豚に真珠を喰わ

せるようなものである」（「詩とはなにか」）

と書いたのを花田が読んだら、さまざまな形でケチをつけ、悪口を言っているように見せかけながら、川本三郎の〝ふまじめ発言〟と同様、褒めあげたに違いない。

「全集　現代文学の発見」の「黒いユーモア」

まあ、こんなことはどうでもいい。問題は花田が〝晩年〟をどのようにして送っていたか、というのが最終章の最大のポイントである。

花田清輝はこの〝晩年〟に何をやっていたか——。これまで紹介して来たように〝珠玉の小説集〟と〝腰が抜けるほど面白い評論集〟を書きまくっていただけではない。併せてこの時期、前章、前々章で紹介したように、彼はテレビや演劇の世界で戯曲を書きまくり、「三々会」を結成、芸術運動に一大エポックを画してきた。その合間に各種の〝論争〟の矢面に立って、チャンチャンバラバラやり合うかと思えば、新日本文学会の常任幹事となり、新日本文学賞の選考委員までやってのける。そして、二度にわたる意見書を同志とともに提出して、ついに日本共産党から除名される〝栄誉〟まで受けたのだった。

いや、まだまだ、こんなものではない。先人の著作の編纂も、自分の作品制作以上の熱意を込めて、精力的に手掛けているのである。五十六歳の折には、中島健蔵、平野謙らと「豊島与志雄著作集」（未来社）、五十八歳では大岡昇平、埴谷雄高、佐々木基一らとともに「全集　現代文学の発見」（学芸書林）、六十二歳には、久野収と「林達夫著作集」（平凡社）など、人にはあまり知られていないが、貴重この上ない〝大仕事〟を軽々とこなしてしまっているのだ。

なかでも「全集　現代文学の発見」は、全十六巻、別巻一という壮大なものであり、これさえあれば、日本の現代文学を俯瞰できるものと言っても過言ではない。大杉栄、辻潤、武林無想庵などの「最初の衝撃」から始まって「方法の実験」「革命と転向」「政治と文学」「日常の中の危機」「黒いユーモア」「存在の探究」「性の探究」「証言者としての文学」「日本的なるものをめぐって」「歴史への視点」「言語空間の探究」「青春の挫折」「物語の饗宴」「孤独のたたかい」と続く各巻の構成に、私は魅了させられずにはいられなかった。

格別なのは、花田が解説を担当している第六巻「黒いユーモア」であり、ここに登場する作家と作品の選び方に、ううむ、参った！　と、思わぬ人がいたとしたら、その人は生涯、文学とは無縁の人だろうと思わざるを得ない。内田百閒「朝の雨」、石川淳「曾呂利咄」、井伏鱒二「白毛」、坂口安吾「ああ無情」、富士正晴「雑談屋」ときただけでも、震え上がるほどの選択なのに、織田作之助「世相」、武田泰淳「第一のボタン」は当然としても、尾崎翠「第七官界彷徨」、安部公房

「棒」、飯沢匡「座頭H」、佐木隆三「ジャンケンポン協定」、泉八大「アクチュアルな女」、野坂昭如「マッチ売りの少女」を推奨し、チャッカリ自作「鳥獣戯話」も忍び込ませるという縦横無尽の編集ぶりなのだ。どうだ、参ったか！

と私がいくら力んでみたところで、いつもの通り皆さんに失笑されるだけか。ああ！

「死んだっていいさ」と花田清輝は言った

しかし、思いの丈を書き、仲間とともに演劇活動を展開し、腹ごなしに手あたり次第の論争を仕掛け、これはと思う先人の作品集を編纂しながら、現代文学全体を俯瞰することが出来る人が、古今東西、どこにいただろうか。もしいたら教えてほしい。花田清輝以外、いないはずである。

もう一つ、花田ならではのエピソードを、私が尊敬する鎌田慧の文章から読み取ろう。

「その日、六四年の三月上旬のある夜、早稲田の学生たちを中心に組織されていた『綜合芸術の会』では、花田清輝との討論集会を開くことにしていた。学校の近くの喫茶店の二階で準備を整えてから、私は彼を迎えに行ったのだった。いつも笑顔で出てくる奥さんは、この日ばかりは心配そうな表情で、心臓の発作が起きて、今日は外に出られない、と申し訳なさそうに断るのだった。と、その後から、押しのけるようにして花田清輝が出てきた。そして『死んだっていいさ』と冗談のようにつぶやいたのである」（「月を射つ」）

私はもう、この部分だけで涙が出てしまう。花田に「愚か者！」と叱られようと軽蔑されようと、自分の命より、若者たちと討論することを優先する〝男〟に過剰な思い入れをしてしまう。「僕もそうします。僕も〝花田大明神〟と同じ行動を取ります」と――。

しかし、決して花田は自分の命を軽んじたわけではなかった。鎌田慧は続けてこう書く。

「喫茶店に着いてから、彼はポケットからお金を取り出して、薬を買ってきてほしい、と頼んだ。指定した薬は『救心』だった。救心を飲んで一息ついた花田清輝と、生意気盛りのわれわれは――たぶん十数人で取り巻いていたような気がする――「討論」に入った。（中略）そんな連中のところへでも、花田清輝はのこのこ出かけてきた。破裂しそうな心臓を救心で抑えながらでも…」（同）

そして、鎌田慧は魯迅の「故事新編」の中の「奔月」の主人公である弓の名人・羿が「月に弓を射る話が好きだ」と語ってくれた花田をイメージし、次のように締めくくる。

「矢が放たれると『月はグラッと割れ、いまにも落ちて来そうに見えた』。私はその精神を花田清輝が好きなのだと思っていた。（中略）シュールドキュメンタリー、そんな理解の仕方を私はしていた。が、この稿を書くため、私は『奔月』を再読してみた。ところが、そこには私が当時理解していたものより、もっと苦い想いがこめられていたことを知ることができた」と前置きして、この主人公の弓があまりにも強すぎために、狩猟の獲物が無くなり、食うことも出来なくなってしまう現実を解説し、すべての想いを込めて「羿が、いや、花田清輝の放った矢は、いま、猛烈なスピードで月に向かって飛んでいるのであろう」（同）と——。

この鎌田慧の花田追悼文に勝る追悼文は他にない。花田清輝の本質がここに在る。生涯を賭けて、ただ一つの歌を歌い続けた人間の矜持への燃えるような尊崇の念がある。

臨終までの病床に見る花田清輝の闘病生活

昭和四十九年（一九七四年）九月二十三日午前零時二十五分、東京信濃町の慶応大学病院で、わが花田清輝は亡くなった。脳溢血である。

臨終の詳細な最期を描きたいところだが、その資料は何処を捜してもない。ただ、花田を〝唯一の人生の師〟と仰ぐ関根弘が「新日本文学」（第二十九巻第十二号、特集「花田清輝——人とその仕事」昭和四十九年十二月号）に「花田清輝の死」と題した追悼文を発表しているので、わずかながら、花田の闘病生活を辿ることが出来る。

これによると、花田が異常なまでの体の不調を訴えたのは、昭和四十九年五月十四日。いきなり倒れるというものではなく、部屋の中で歩行が困難になる程度のものだったので、しばらく家で寝ていたが、思わしくないので、東京信濃町の慶応大学病院に入院。脳血栓の診断が下った。花田の妻トキに電話を入れて容態を尋ね、見舞いに行っていいかと聞くと「経過はいいが、恥ずかしがるからねえ」とのことだったので「手足が不自由で下《しも》の始末が思うにまかせないに違いない」と察した関根弘は、命に別条がないなら、もう少し回復してから見舞いに行くことにした。

ところが、しばらくして新宿のバーで長谷川四郎にバッタリ会ったとき、「清輝のところへ行ったら、すっかり元気で、人の悪口をいろいろ言っていたよ」というのを聞いて、関根が初めて花田を見舞ったのは七月十七日。その時もトキに電話を入れて「いろいろ難しい本を読むようになってますよ。あたしなんかにはさっぱり分からない本をね」ということばを聞き「精神のリハビリテーションが始まっている。花田清輝は不死身だ」と思ったという。

「病室は、付添婦のいる個室だった。腕を紫に腫らして包帯を巻いていた。点滴のためだろう。ベッドに起きあがり一時間ほど話した。枕元にはいろいろな本が積み重ねてあった。精神に異常はないようだ」（「花田清輝の死」）

この時点では、まさに〝花田不死鳥〟を思わせる。事実、その後、花田は一週間足らずのうちに、一度退院した。見舞った折には、元気な時と同様に会話が弾み、花田が「松永貞徳の本を探している」と言うので、底知れぬ読書ぶりに感嘆した関根弘だったが、九月に入って再入院。九月十日、再度の対面。花田は、ほとんど眠っている状態で、足からの点滴を受けたまま二十三日没。
「花田清輝は、俗世間的な意味での成功を望まなかったし、自己完成も目ではなかった。綜合とハーモニーを目指すがゆえに破壊した。賽の河原の石積みを自らに課した。ロンリー・マンに感情移入した。しかし、そればかりではない。花田清輝は自分でもどうすることも出来ない天邪鬼と同居していた。親しくなればなるほど意地悪い面をあらわにし、すすんで敵も作った。万事綺麗ごとで終わらない芸術家だった」（同）
この関根弘の追悼文も、深く花田清輝を理解した者だけが持つものと言えるだろう。

どこか少年時代の面影を残した死顔

「清輝は元気で人の悪口を言っている」と、関根弘に伝えて見舞いに行かせた長谷川四郎も、佐々木基一とともに花田を見舞った折のことを、次のように書き止めている。

「その時の花田清輝はベッドの上にあぐらをかいて『きみらは元気かね』と言った。病気前とほとんど変わらず、元気そうだった。この十一月に芝居をやるから見に来てくれと言ったら、ああ、と言い、見にいくような口ぶりだったが、今にして思いかえすのにもう見にいけないと自分で知っていたのではあるまいか。じっさい、笑いながら、少し冗談めかして『おれはもうだめだね』と言ったが、あの時、私たちはそれが聞こえないふりをしていた」（「花田清輝のプロフィル」）

十一月の芝居というのは、木六会の第二回公演「故事新編」であり、前章で詳しく触れた通り、花田が提案して実現した合作戯曲である。魯迅の原作を花田清輝、長谷川四郎、佐々木基一、小沢信男が戯曲化した本邦初の試みだった。花田が担当した「鋳剣」は「首が飛んでも――眉間尺」として、すでに五月「文藝」に発表されている。そして、これが花田の、まとまった作品の〝絶筆〟とでも言えるものとなる。公演されたときは、すでに花田清輝はこの世にいない。

しかし、花田は画期的な試みの提唱者でありながら、途中で「こんなやり方は共同制作じゃない」といちゃもんをつけたりして、長谷川四郎を困らせたりした一幕もあった。一緒にこの芝居の中の一話を執筆した佐々木基一も大いに気を揉んだことだろう。

それでも彼らは仲間であり、同志であり、戦友である。遠慮会釈なく、本音で物を言い合い、切磋琢磨し合った。

「世故にたけている、といったようなところの、まったくない人だった。というよりも、それにたいする拒絶の身ぶりの人だった、といったほうがいいだろう。てらい気などみじんもなく、自然とそうだったのである。私も、あんまり世故にたけた方ではないが、この私のことを『きみは妥協的だね』と花田清輝は批評していた。そう言いながら、なにかにつけて、相談に乗ってくれた。親し

い友人がいなくなったことが、日が経つにつれて、はっきりしてくる」（同）

七月の時点で「花田が倒れた」と夫人から電話で知らされたとき「となりにいた仲間が『にわかにはたと倒れた』ようなショックを受けた」という長谷川四郎は、花田の通夜の席では、その死顔に対面して「死んでから、ますます畏友になっている」〝男〟を偲ぶ。

「一九七四年九月二十三日の零時二十五分、花田清輝は亡くなった。歯を食いしばった、その死顔は厳しく、また柔和であって、どこか少年時代の面影をとどめているように見えた」（同）

花田清輝はとてつもない博識だから偉いのではない。難解なレトリックを駆使するから偉いのではない。いつまでも少年の魂を抱きつづけて、少しもひるまず敢然として生き抜いたところが偉いのである。

肉体の死を超えて輝く花田の強靭な思考像

花田は「近代文学」の同人でありながら、モラリスト論争の折、同人のほとんどすべてを血祭りにあげたが、佐々木基一への批判だけは、ただの一度もなかった。「綜合文化」「現代芸術」も、ともに創刊したメンバーの一人だし、アヴァンギャルド運動も、ともに展開した〝信友〟（断わるまでもないが〝親友〟ではない）だったと言ってもいい五歳年下の傑物ある。

その佐々木基一が花田の死後、長谷川四郎らと心をこめて編集した作品集「さまざまな戦後」の「あとがき」で、次のように心情を吐露しているのを見逃してはなるまい。

「花田さんの入院中〝木六会〟のメムバーが何らかのかたちで病気見舞いをしたく思い、企画したのが本書である。ありきたりのかたちで見舞いをするのは、いささか他人行儀であり、形式的であって、花田さんにそぐわないだろう。という気持ちもあった。むしろ、花田さん自身のこれまで書いてきた文章を一つのテーマのもとに編集して、容易に人に本体を見せぬこの韜晦癖のある著者の肖像を或る側面から描き出してみることこそ、何よりも病気療養中の花田さんにたいする心のこもった見舞いではあるまいか。と考えた次第である」

ところが、その病気見舞いのつもりの本の最初の打ち合わせ会が開かれた直後に、花田は逝く。この花田作品集を追悼の記念碑になるようなものに仕上げようと佐々木基一は思った。

「花田清輝の芸術論を通して透かし見られる花田清輝の人間像がここにある、と取り立てて言わないが、少なくとも、ここには花田清輝という強靭な思考力と鋭い詩的直観とを兼ね備えた一人の文学者の〝思考像〟が感知されるはずである。（中略）生身の人間は、肉体の死とともに消滅する。しかし〝思考像〟として存在する人間は、肉体の死を超えて、はるかに長く生命を保つのである。花田さんのエッセイを読み返すと、花田さんが如何に早く、人びとに先駆けて数々の問題を先取りしているのに、いまさらながら驚くのであるが、花田さんの〝思考像〟は、これからもなお、問題の先取りとしての役割を演じ続けるに違いない」

この「さまざまな戦後」の佐々木基一の「あとがき」は〝恐るべき少年の純情〟で生涯を貫いた花田清輝という比類のない〝男〟への鎮魂歌だと私は思っている。

読者も観客も〝敵のつもりで書く〟心意気

花田が亡くなると、各書評紙はこぞって第一面のトップに追悼文を掲げた。

日本読書新聞は、むしろ花田に否定的な柄谷行人に、図書新聞は、それぞれの立場から川本三郎と松本昌次に。そして週刊読書人に至っては、さらに華やかに野口武彦、長谷川四郎、富士正晴、種村季弘、玉井五一の五人に一〜二面を割いて追悼している。

柄谷行人は「面識もなく、また愛読者というわけでもなかった」としながらも「私はいつもこの風変わりな存在、〝異物〟ともいうべき存在を意識していた」と率直に認めてから「精神の自由」をテーマに「たえずわれわれの思考の慣性の『不自由』に異を唱えることにあった」と花田清輝の「衝迫的言動」に迫った。(「花田氏という名の一つの精神形態」)

川本三郎は、花田の最後の評論集「日本のルネッサンス人」の持つペシミズムに触れながら「日本的感性からもっとも遠くにいる哄笑と嘲罵の持主に、その死を哀悼することはもっとも似つかわしくないと私は思っていた。しかしいま、やはり私はこのほとんど孤独な道を歩き続けた花田清輝に深く哀悼の意を表するほかないのである」（「すすきにまじる芦の一むら」）と〝真面目な評論家〟の心情を、真面目に吐露している。

松本昌次は、花田が好きだった単純な難曲・ラヴェルの「ボレロ」のレコードを買ってきて、深夜一人で聴きながら「一人ひとりの力量をそれぞれの立場で発揮させつつ、それらを結集して、一つの芸術運動に高めようと、生涯を賭した。繰り返し主題を反復しつつ、それぞれの芸術家が遠くから来たり、やがて結集して緊張感を高める『ボレロ』のように」（「生涯を賭けて、ただ一つの歌を」）と花田が歌い続けた「ただ一つの歌」を見事に要約して見せた。

野口武彦は、花田の死を「およそわが国の風土に困難な課題を自分自身に与え続けた非風土的文学者の疲れ」として位置付ければ、長谷川四郎は「否定することによって肯定する人」と花田を花田流に表現して、ギリシャの格言は「死んだ人には良きことのみを語れという」が、花田には悪口がふさわしい。しかし「探してみても語るほどの悪口はみつからない」ととぼける。富士正晴に至っては「今、葬式もとっくに終わった時間だろう。まったく気抜けのテイだ。弔電も打たなんだ」と結んで、小川徹を心底から感激させたのだった。

花田清輝の死に心から追悼する文章は、ここに紹介したものばかりではない。もう、識者という識者は全てと言っていいぐらい花田の死を惜しんで筆を執った。おそらく、それを紹介するだけでも、一冊の大巻が出来上がるだろう。上巻を書き始めた頃には、資料不足で悲鳴をあげたが、最後の最後に来て、私は資料過剰の悲鳴をあげている。

このような多彩で輝くような〝追悼文〟を贈られた日本の作家は、ただの一人もいないだろう。いたら教えてほしい。日本も満更、馬鹿ばかりじゃないぞ。花田も満足だろうが、それに対する百倍も強烈な花田の返し言葉を聞きたいのは、私だけではあるまい。

エピローグ　大いなる虹の彼方へ

死去を伝え聞いて思わず涙しつつ　一夜飲み明かした。

（巌谷国士）

ウソつきというのは、状況に応じて、そくざに、はなしをでっちあげることのできるすばらしい才能の持ち主のことをいうのです。したがって、偉大な作家たちは、ことごとく、もっともウソつきらしいウソつきだといえるかもしれません。

（箱の話「ウソから出たマコト」）

一、秘められたロマンティストの貌

オレは〝女〟に弱いんだよ

花田清輝に向かって「貴方は、本当はセンチメンタリストでロマンティストなのですね」と言ったら、彼はどんな表情をし、どのように反論するのだろうか——。

もっとも、花田清輝に面と向かって、こんなことを言える人間は一人もいないだろう。言えるとしたら私一人ぐらいなものだ、と思ってニヤニヤしながらいい気持になっていたら、ズバリと同じ意味のことをぶっつけた人物がいたことを思い出してしまった。これも悪い気持ちはしない。まんざら世の中、捨てたものではない、という気がしてくる。くだらない、と思う人もいるかもしれないが、しっかり花田清輝の本質の一面をとらえているからだ。

「その花田に向かって「お前さんが恋愛をしたら、純情そのものの恋愛をやるだろうな」（雑誌「群像」の座談会「戦後作家」＝昭和三十九年）

と恐れげもなく言ってのけたのは、かの武田泰淳である。さすが、と言わなければなるまい。「ひかりごけ」「森と湖のまつり」などの傑作を引き合いに出すまでもなく、並の作家ではない。

これに対して、花田はどのように反応したか。息子の黎門に安っぽいお涙頂戴の映画を見ながら泣いているところを見られてしまい、大いにウロタエて「ゼッタイニ泣キハシナイ」と頑強に言い張ったような態度を取ったのだろうか。

さすがにそんな〝みっともないこと〟を彼はしなかった。その頃になると、花田も少しは〝成長〟していたというべきか？

その時、花田はただ一言「オレは女に弱いんだよ」とボソリと呟いただけということになっているが、花田はやはり大いに気にしていたらしく、後に彼らしい反論をしている。

「わたしは、女に脱帽しようと考えているわけではないのです。なるほど『爆列弾記』というわたしの芝居のなかに登場する新聞社の主筆は、『おれは、どうも女に弱くていけねえ。たとえ相い手がババアでもね』といって頭をかかえますが、それは素寒貧のピイピイのかれが、借金取りの女を追いかえさなければならないのを気の毒におもってるからであって、色気ぬきのばあいであります。おもうに、武田泰淳は、作者と作中人物とを素朴に混同しているのではないでしょうか」（「恥部の思想」―女は男より優秀か）

クックックと笑いたくなるが、どのように弁明しようと、ここに花田清輝の最大の〝ウィークポイント〟があると言わなければなるまい。いかに相手が武田泰淳であったとしても、これだけの反論では、切れ味が悪すぎる。返す刀で〝ナマグサ坊主礼賛〟ぐらいのことをやってのけ、大いに自分の〝女に弱い〟部分をひけらかすぐらいの芸当をしてもらいたかった。

ただ、これだけでは、自分が〝色気ぬき〟の場合だけ〝女に弱い〟ということを認め、色気が絡んだら〝女に脱帽する〟と受け取られかねないでかないか！　情けない！　と、私のような〝花田エピゴーネン〟としては、気が休まらないのである。余計なお世話なのに――。

作品から見た花田清輝の女性遍歴

もっとも、私は昭和三十九年「群像」座談会の実物を読んだわけではない。武田泰淳がどのような脈絡から花田を「純情そのものの恋愛をする男」と見抜いたのかさえ見当もつかないが、決して彼は「お前さんが恋愛をしたら……」などという言い方は、絶対しなかったと思う。

先に掲げた武田泰淳の洞察は、すべて花田の「恥部の思想」の中の「女は男よりも優秀か」の一節から二人のやりとりを拾い出したものだから、武田の言葉に花田が手を加えていることは明白であり、用心してかからなければならないのだが、案外、率直に本音を吐いているかもしれないことまで視野に入れて検討しなければならないだろう。

――花田が恋に身を焼いたことを、彼の作品を通して無理やり想像できるのは、たった二度しかない。一度は第三章で指摘した初恋を告白している「旗――西田哲学」であり、もう一つは第五章で指摘した人妻との恋を思わせる「捕物帳を愛するゆえん」である。

初恋の方はデパートガールへの思慕であり、小川徹に言わせれば「デパートの売場嬢に恋をして毎日その姿をチラと遠くからのぞき見にゆき、それが相手や、友人たちに気づかれてしまったら、これほど恥ずかしいことはあるまいと思い、結局、もう姿をみまいと観念する」わけだ。ま、この程度の純情さは、いつの時代にも若い男の子にもあるものさ、と、シタリ顔をする人もいるかもしれないが、実際にはここまで徹底してストイックに隠し通すことが出来る男は稀だろう。

人妻への恋の方は、やがて一緒になる女房・トキが相手だから、恋が成就するものだけに、めでたし、めでたしと言わなければなるまいが、成功談では〝花田と女性〟を語る場合、いかに彼が純情であっても、いささか面白くない。もっと波乱万丈の修羅場や愁嘆場を経なければ、花田の〝ウイークポイント〟の真価を問うには、少し役不足だ。しかし、まだ堂々と姦通罪が罷り通っていた時代の〝不義密通〟であることは確かだから、ま、いいか――。

いずれにしても花田清輝と言えば、この女房一筋の堅物と見られているのが普通だが、ご承知の通り、彼は岡本太郎との「夜の会」あたりから女性との親しい交流が目立ち始め、ストイックで純情な男のレッテルを塗り替えられていたのかもしれない。

考えてみれば、花田はおしゃれでダンディな男である。浮いた話の一つや二つない方がおかしいのではないだろうか。

若い女優たちとの恋の季節

ところがこのように、私がシャカリキになって花田を秘めたる恋に苦悩するロマンティックな男に仕立て上げようとしても、これは恥ずかしいことに簡単に裏切られてしまうのだ。

しかし、小川徹の「花田清輝の生涯」を読んだ人なら、すでに先刻ご承知だろうが、花田には先にあげた二つの〝恋〟だけでなく、死ぬの生きるのという家族まで巻き込んで展開される〝不倫〟と呼んでもいい〝大スキャンダル〟があったという事実も述べなければならない。小川徹も興奮して相手の女優に長々とインタビューを試みたり、その他の〝女性遍歴〟も紹介しているから、興味のある人は芸能界のスキャンダル記事を読むような感じで味わうことをお薦めしておこう。

わが花田清輝が夢中になったと言われる〝お相手〟は、当時、劇団舞芸座の名もない若手女優・村井志摩子である。

しかし、彼女は単なる、どこにでもいそうな演劇志望の女性ではなかった。東京女子大学卒業後、チェコに留学。カレル大学哲学演劇科で博士号まで習得しているから、まさに〝才媛〟と言わなければなるまい。後に日本女性としては有数の劇作家・演出家として名を成し、つい先年（二〇一八年）に癌で亡くなった。代表作は「村井志摩子プラハ三部作」「広島の女・八月六日」。日本よりむしろ海外での活躍が多い。

この村井志摩子と花田清輝の出会いは、昭和三十三年（一九五八年）の花田の記念すべき戯曲「泥棒論語」が劇団舞芸座によって上演されたときからである。

花田は最初、この戯曲の主役ともいうべき「霧」という名の神人の娘（女忍者）を村井志摩子のために書き上げたとも言われているが、劇団幹部の意向や演出の土方与志の判断によって、月まち子という劇団の人気女優が演ずることになってしまう。そして志摩子が台詞もろくにない端役の女奴隷に回されてしまったのを、花田が可哀想に思ったというのが肩入れの始まりだったと、まことしやかに解説してくれる人もいる。

花田をめぐる月まち子と村井志摩子の〝恋の鞘当て〟を想像してみるのも面白いが、二人の女優の間で花田がヤニ下がっていたなどということはないだろう。

大役を引き当てた月まち子の方は、当然のことながら花田に思いを寄せ〝惚れていた〟らしいが、村井志摩子の方は、もっと純粋で「花田清輝のお芝居を我々の劇団でやることに喜びを感じていたので」一生懸命に端役の女奴隷の役と取り組んでいた。惚れたはれたより〝尊崇の念〟の方が強かったのと言うべきか。

いずれにしても、花田は月まち子が経営する「月」という池袋の酒場でよく飲んでいたようだし、有名出版社社長の女、安部公房の恋人などの噂もある月まち子に比べて村井志摩子は、日の当たらない下っ端女優の観は否めない。花田はそれをどう思いやったかが問題だ。しかし「先生は私が表面には出さないけど、死にたいほど悔しがっていると思ってくださったのではないでしょうか」と後に村井志摩子は忖度しているのである。確かにそれが〝死ぬの生きるの〟という穏やかでない状態に発展したのだった。

村井志摩子の正直な告白

「初日の前の舞台稽古の日だったんですよ。稽古が終わって先生も満足なさって、その日に、突然、先生が一緒に死のうとおっしゃいました。私は先生のお顔をキョトンと見まして〝あ、どうして？いいわよ〟とタクシーに一緒に乗りました」

小川徹のインタビューに答えて、村井志摩子は、包み隠す気配もなく、花田が言った言葉を正直にありのままをサラリと答えているのだからたまらない。さらに志摩子はこう付け加える。

「私はその頃、客観性がなかったんです。（中略）それで自動車に乗ったら先生が、死ぬのをやめて一緒に暮らさないかっておっしゃるのね。私、またそこでキョトンとしたんです。あれは確か三日ぐらいの公演でした。先生はとにかく芝居がおわるまでね、なんておっしゃって……」

え？　本当？　こりゃ一大事だ、わが花田もなかなかやるねぇ、と感心したいところだが、ここは明け透けに語る志摩子の次の言葉で、私などは他愛もなく納得してしまうのだ。

それは、先の中略とした部分の花田の言葉を、どう解釈するかという問題なのだが、「もしぼくが今あなたといわゆる心中をしたら、ものすごくセンセーショナルになって初日にお客がいっぱいになるよ」と、タクシーに乗る前に花田は志摩子に囁いていたのである。

それじゃ、志摩子がキョトンとするのもよく分かるし、彼女への〝愛の告白〟というより、上演する芝居の客寄せに比重のかかる花田一流の〝冗談〟と受け取ってしまえばカタが付く。

しかし、これは下手な冗談であり、私としては気に入らない。たっぷりユーモアや皮肉を効かせた口説き文句にもなっていないし、花田清輝にしては、拍子抜けをするような切れ味ではないか。相手が花田に惚れている、いや、尊崇されている村井志摩子だからいいようなものの、抜く手も見せずバッサリと〝口説き落とし〟てしまう迫力に欠ける。

ダメだ、ダメだ！　こんなことじゃ、あっさり笑われて愛想をつかされてしまうぜ！　本当に困ったロマンティストなんだから。と、ハラハラしてしまうのだが、案の定、すぐに志摩子、花田夫人・トキ、清輝の三者は〝生きるの死ぬの〟とでもいった修羅場を演ずることになる。

決してオチャラかすわけではないが、ちょっと事情が複雑なので、この場面を村井志摩子が語るやりとりを適当にアレンジして、戯曲的に再現してみると、こうなる――。

花田邸での三者のやりとり

東京・文京区白山の花田邸の洋間。テーブルの上には細巻の手作りの寿司とお茶。それを挟んで花田清輝、花田トキが並び、村井志摩子が無言のまま対峙している。気まずい雰囲気。チョコンと椅子に座っている清輝は、時々、天を仰ぐ。その雰囲気を打ち破るように、甲高い声で、

志摩子　私、猛烈にお腹が空いているんです。いただいていいかしら。

トキ　どうぞ、どうぞ召し上がれ。

パクパクと細巻寿司を食べる志摩子。見詰めるトキ。天を仰ぐ清輝。突如、静かに、

トキ　家を出るって、彼が言いだしたんですよ。

志摩子　ハアァ!?　ちょっと、ちょっと!

トキ　家を出て、貴女と暮らすと言い出したのよ。

志摩子　いいえ、あの、それは。そういう話は、ちょっと聞いていますが、まだ、その……。

うろたえる志摩子。天を仰ぐ清輝。あくまで静かに、感情を抑えた感じで、しかし、決然と、
トキ　もし、そうなったら私は生きておりません。
志摩子　そんな……。そんなこと……。そんな、どうすればいいの？
ここで初めて清輝は、トキにではなく、志摩子に向かって、優しく呟くように、
清輝　劇の登場人物になるんじゃないよ。
？？？？？　しばし、三者はまた沈黙。間をたっぷりとって、限りなく優しい感じで、
トキ　あなたは先生が好き？
志摩子　え？　ええ、いや、好きとかっていうんじゃなくて、そう言うことじゃなくて……。
トキ　そうよね、きっと。でも私にとっては非常に大切な人。死を賭けても欲しい人。
志摩子とトキの二人は清輝を注視する。清輝は二人の視線に毫も反応しない。やがて、
トキ　たとえ今、この人は貴女に夢中でも、一年会わなかったら、どうでしょう？
ここでトキが一息入れるように、お茶を一口飲んでから、決めつけるように、
トキ　熱が冷めるかもしれないわね。だから、一年、彼の前に現れないでください。
それ見たことか。圧倒的なトキの一人勝ちであり、志摩子は「好きというんじゃありません」と

明言しているではないか。清輝ときたら、訳の分からない台詞が一言だけの三文役者だ。

花田清輝が軽井沢に家出した！

おい、おい、おい、これじゃ本当に〝色気ぬき〟の話じゃ収まらないぜ、どうしてくれるんだ！と〝花田エピゴーネン〟としては、恥ずかしすぎて落ち込んでしまうのだが、事はこれで終わってしまうわけではないのだ。

このやりとりは、志摩子があっさりと「一年間、先生に会わない」と決意し、花田邸を去るのであり、そうなったのに清輝は、この会談の後、何日も経たないうちに「ぼくは家を出ました」という葉書を軽井沢から志摩子に送っているのである。

「先生は幼児性において私と同病的なところがあるオジサマだったんです」

と、後に村井志摩子は述懐しているが、彼女は軽井沢に駆け付けたわけではない。「一年は会わない」という約束を忠実に守り、傷心を癒すためチェコでの外国生活を送っている。日本を発つとき彼女は月まち子に「先生はあんたにあげる」と言っていたという安部公房の弟子だったという劇作家・内田栄一の証言もあるが、花田と志摩子の〝恋〟は、どうも通常の神経の持主には理解不能のような印象を与えずにはおかない。

しかし、花田トキ、黎門の親子には、大きな心痛を与えたことは確かだった。家庭争議はなかったようだが、黎門は後年、奔放な村井志摩子の行動を憎しみを込めた口調でこう書いている。

「私がこの女優を見たのは舞台の上だけで、直接会ったことはないが、夜の十一時過ぎに家を訪ねて来て、ハナダサーン、ハナダサーンと門をたたいたのを覚えている。明らかに酔っているようだった。『こっちは堅気なんだよ。止めてほしいな』というのが正直な気持ちだった。（中略）夫の軽い気持ちの浮気でも、妻は地獄のような苦しみを味わうのである。まさにあの時は島尾敏雄さんの『死の棘』状態で、この家での最も不愉快な経験だった」（「花田清輝とその妻トキ」）

この気持ちは、普通の人なら痛いほど分かるだろうが、息子・黎門は父親の村井志摩子に対する想いを次のように理解していることも付け加えておかなければなるまい。

「この時期、清輝が外泊したこともなかったし、単なるプラトニックな火遊び程度だったと思う。ただ、この間のトキの心痛は見るも痛ましいものだった。（中略）このとき清輝の頭には、一瞬タネ（筆者註・清輝の母）と安輝（同註清輝の父）のことがよぎったかもしれない」（同）

この部分の息子の心情も分からないではないが、本当にそうだったのだろうか。花田清輝と村井志摩子との〝恋〟は世俗的な〝火遊び程度〟のものだったのだろうか。そして、ここで、息子・黎門が自分の祖母と祖父を引き合いに出していることに、私は一つの大きな驚きを感ずる。

つまり、ここには花田自身が最も信頼していた〝弟子〟である関根弘にだけ語った清輝の父・安輝の〝女狂い血統〟が示唆されているからだった。

おばあちゃん子だった黎門にとって、母親トキの心痛は、おばあちゃんタネへの同情と共に蘇るのである。これは血統の問題なのだろうか。

二、ユーモアと超ロマンティズム

年上の女《ひと》・佐多稲子への思慕

花田清輝が女性問題で〝浮いた噂〟を立てられた〝お相手〟は、これまで述べてきた村井志摩子ばかりではない。いや、言葉を変えれば、花田が女性に〝恋心〟を抱いたと思われる女性は、私の目で見るところでは、もっと他にもたくさんいるように思える。一人ひとり取り上げたいのはやまやまだが、ここでは佐多稲子、桂ゆきの二人に絞って眺めてみよう。言って見れば〝同業〟の世界での女性だし、その他も似たり寄ったりだからである。

――佐多稲子は明治三十七年生まれだから二つ〝年上の女《ひと》〟である上に、日本共産党での大先輩であり、すでに女流作家としての地位を揺るぎないものにしていた才女である。おまけに党員の先輩・窪川鶴次郎と結婚し、二人の子供の母として輝く女性でもあった。花田が恋心を抱いていたと言っても、笑って信じてくれない人もいるが、私の見るところ、ひょっとしたら花田が自分では意識するとしないに関わらず、深い思慕を抱いていたであろうことを感じざるを得ない。

つまり、私には花田清輝という〝煮ても焼いても食えないような男〟の根底にあるものは、唯一、自分が無条件に愛した〝母親・タネ〟に集約されるという思い込みが私にはあるからである。しかし、村井志摩子がいみじくも「先生は幼児性において私と同病的なところがあるオジサマだったんです」と述懐したことは、まさに正鵠を射たものであると感じるのは、私一人だけだろうか。

いずれにしても佐多稲子は、花田に対して常に〝母〟のように優しい理解者だった。「新日本文学」編集長更迭の問題の折にも、終始、花田の側に立って反対したことは事実である。

「花田清輝がまだ編集長であったときのある夜、新日本文学会の何かの会合の帰りに花田清輝と佐々木基一と三人でおでん屋に寄っていて、話の途中で私は、これから宮本に話に行こう、と言い出した。私は宮本宅に電話をかけに立ち上がりさえしたが、それは二人にとめられた。宮本に話に行くということは私の考えるような単純なことではなかったからであろう」(「花田さんのこと」)

などという佐多稲子の文章を読むと、まるで彼女が花田を弟のように可愛がっていたように思えるではないか。絶対的権力を握っていた宮本顕治に、夜分怒鳴り込みに行こうとするぐらいなのだから。花田も佐多稲子には公私を超えて充分に甘えていた。あまり飲まない酒を彼女の家ではベロベロになるまで飲んで酔っ払い、介抱させた話もあるから、推して知るべしである。

もっともその頃、すでに佐多稲子は、田村俊子との不倫が発覚した窪川鶴次郎と離婚して独身だったから、そのような花田との交流があったのだろうが、とにかく、二人の仲が周りが想像する以上に身内のような親密さがあったことは確かだろう。いや、下司に考えれば、花田の妻・トキの場合も、酔っぱらって倒れた花田を介抱してから燃え上がる人妻の恋に発展したという説に従えば、夢よ、もう一度、という花田の欲求のようなものがあったという見方も出来るかもしれない。

佐多稲子と接するとき、花田の中には何があったのだろうか。自分が〝マザコン〟であることを気付いて恥じていたのだろうか。妻・トキに感じるような無条件の信頼があったのだろうか。そしてまた、息子の黎門がこだわるような父・安輝の〝淫蕩の血〟を自分が引き継いでいるという自覚があったのだろうか。あるいはそれを〝対立のまま自分の中で綜合する〟という意識があったのだろうか。いや、いや、そんなことはあるまい。

女流画家・桂ゆきに共振する心

花田清輝が〝年上の人妻好き〟として規定してしまえば、話は簡単だが、村井志摩子は二十歳近くも年の差がある年下である。内田栄一の「花田さんが村井志摩子に狂ったことは事実」という証言を額面通りに受け止めれば、花田を狂わせる、あるいは思いをかけたくなる、あるいは〝惚れる〟女性は年齢ではないようだ。

特に多くの人が「花田は彼女に惚れている」と噂し合ったコラージュの方法を大胆に取り入れる女流画家・桂ゆきは、花田の三歳年下だから、年齢的には社会の常識にも釣り合っている。

確かに花田は桂ゆきに対して、深い思い入れがあった。彼の著書「さちゅりこん」「政治的動物について」「俳優修業」などの装幀は、すべて彼女のものだし「随筆三国志」に至っては、本文中の挿画まで担当している。いずれも花田が「ぜひ桂さんにお願いしたい」と熱望したものだという。花田の著書の装幀を複数担当したのは、岡本太郎ぐらいなもので、それもたった「錯乱の論理」(再版から)と「二つの世界」の二冊だけだ。

なぜ、花田は桂ゆきにそれほどまで入れ込んだのだろうか。花田は昭和三十九年(一九六四年)、現代日本美術展に出品された彼女のトラの絵を観て「美術手帖」にこう書いた。

「この絵はトラのあたまとしっぽだけ、つまりプロローグとエピローグしか示されていないが巨大で——これは動物園の檻の中に飼い殺された中風病みのトラでなく、開かれた世界で四肢や胴体を無造作に伸ばして寝そべるエネルギーに満ちた猛獣——おれは百獣の王トラなんだぞといった構えのない無邪気でユーモラス。いくらかオモチャのトラを思わせるが、絵空事でないトラとは案外そういうものかもわからない。桂はアフリカへ行って、さまざまな猛獣と対決した。そして飼いならされない、かれらの愛すべき魂をみごとに自分のものとした」と。

これは花田らしい見事な論評である。単に桂ゆきの絵の感想と言うより、ここに花田が常に繰り返し叫んでいる率直で鋭い現代の人々に対する〝真実の眼〟の持ち方が謙虚に表現されている。

桂ゆきと花田は決定的に同じ〝眼〟を持っていた。彼女が銀座の兜画廊で個展を開いたとき、花田は熱心に作品を鑑賞し「僕はあの（ケムシ）の絵と（大きな木）の二点が特に好きです」と言う。それは彼女が内心もっともよく描けたと得意に思っていたものだった。しかし、来場者の多くは「この二点だけはどうもいただけないね」と言われていたものなのである。

この二人の感性と大勢の絵画愛好家との差は、一体何なのだろう。花田たちは単なる天邪鬼なのだろうか。それぞれの人に好みはあろうが、このように決定的に多数派と少数派の分かれてしまうと〝真実の眼〟という言葉さえ怪しくなってくる。いったい〝真実〟とは何なのか！

二人の〝親密〟な一体感とでもいった想いは、口さがない俗世間の中では、用心深く秘められなければならなかった。「新日本文学」（昭和四十九年十二月号）の特集・花田清輝の中に寄せた桂ゆきの追悼文は、何気ない調子で次のように結ばれている。

「本当に惜しいお方である。たまにはラジオ体操ぐらいなさって、もう少しお体を大切にしていただきたかった。実地のジャングルなど、汗水たらしてお歩きになる必要などはもちろんないけれど」（「トラの絵と花田さん」）

大いなる幻影から七色の虹へ

さて、ここまで私は花田清輝の女性問題を、大いに揶揄しながら紹介してきた。そして、これを最後に「わが花田清輝」の稿を閉じようとしている。言ってみれば〝花田清輝へのラブレター〟を、こんな調子で終わらせていいのだろうか。

いいのである。これでいいのである。私は花田が村井志摩子にも佐多稲子にも桂ゆきにも〝惚れていた〟と信じる。そして、それぞれから〝惚れられていた〟と信じるからである。

もちろん、世俗的な〝惚れたはれた〟という意味ではない。そういう次元の話で花田の女性問題を語ることは、無意味であり、愚かなことだと私には思われるのだった。確かに、ここに掲げた〝花田清輝をめぐる噂の女性たち〟の中で、ご本尊・花田清輝の〝威厳〟とでもいったものは、まったくと言っていいほど見当たらない。いや、私が揶揄してきたとおり、普通一般では「バカな男だなぁ」と笑われるような印象さえあるだろう。

しかし、村井志摩子に「先生は幼児性において私と同病的なところがあるオジサマ」と指摘されても、彼女の花田に対する尊崇の念は消えはしないし、佐多稲子の前で酔っ払いの醜態を繰り返しても、彼女が花田に対して抱く信頼と保護したくなるような気持が失われたわけではない。まして、桂ゆきが終生花田のことを一心同体のように感じていたであろうことは明らかである。

ここでは、やはり花田を敬愛し、花田との仲を〝噂された女性〟の一人とでも言っていい、ずっと年下の芥川賞作家・大庭みな子の証言も付け加えておかなければなるまい。彼女は桂ゆきの個展を花田と一緒に観に行って、嫉妬のあまりこう書かなければならなかった。

「魅力的な男を見ると心を動かされずにはいられないタチの私は、彼の名戯曲『ものみな歌でおわる』の出雲のお国の口説きに答えて名古屋山三の名台詞（中略）『ええいっ！　おわかり召されぬか。拙者は今なお、こなたを、この世のなにものにもまして、いとしゅうおもうておりまする！』を思い浮かべて、せめてその最後の部分を原稿用紙の上でなく、花田清輝の生きた口から言わせてみたいものだと企んだが、彼はいち早く機先を制して、出雲のおくには『桂ゆき』だというのである。／憤懣やるかたないが、桂ゆきは花田清輝が想いをかけるだけあって、出雲のおくにに勝るとも劣らない不可思議な魅力の持主である。敢えていうならば、花田清輝生涯の失策は、桂ゆきほどの女を、浅はかにも『童女のようだ』などと神格化してただ遠巻きに鑑賞していただけで、その深遠な女の美しさに直かに触れる機会をむざむざとやり過ごしたことだ」（「自由人の傲岸な魂」）

いささか問題のある証言だが、この「柔肌の熱き血潮に触れもせで」とでもいった与謝野晶子ばりの心情ぐらいは許されていいし、真実、そうかもしれない、とも思わせるではないか。

父の放蕩とマザーコンプレックス

しかし、私がいまここで問題にしているのは、男の純情とか、女の情熱とかいった言葉の問題ではない。もはや、これは花田の女性問題ではなく、花田清輝の人間理解の問題なのだ。他人にはどのように見られても〝相惚れ〟でなければ、人間同士が〝理解〟し合い〝共振〟することはないだろう。純粋な子供のような心で、あるいは利害損得を考えない身内のような交流の中にだけ、人間を理解し合える真実の光が七色の虹のように輝く。

いや、どうも、こう書くと嘘っぽいなぁ。恥ずかしいなぁ。もんた&ブラザーズではないけれど、〝言葉にすれば嘘に染まる〟のかなぁ。

しかし、いま、そんなものは何処にもありゃしない。それは、最初から人間というものの宿命なのかもしれないが、差別と競争、詐術と陰謀、欲望と嫉妬の世界の〝成功者〟こそ、人間の〝栄光〟としか考えられないような道を歩むことが人間の〝目的〟になってしまっている。

もちろん、それぞれの時代に〝絶対少数者〟として、一握りぐらいは超越した人々もいなかったわけではないが、その人たちは一部の人たちの尊崇を得られたとしても、つまるところ〝陰者〟の地位に甘んじなければならなかった。〝相惚れ〟でなければならぬ、利害を超えた交流を！　などといくら叫んでみても、それが虚しいものであることは明白ではないか。

どうやら問題は、その辺にありそうだ。人は皆、子供から大人になる〝成長過程〟において、さまざまな世渡りの技術を身に着けるようになり、それを周囲が「おりこうさんね」と容認し、現実の利害を優先する〝大人〟になるのである。そのため利発と言われる子供ほど虚偽の仮面を被り、虚飾の生き方を学ぶ〝堕落の道〟に邁進するのだった。

早い話が花田にしてからが、幼い頃から強固な〝仮面〟を身に着けていた。しかし、彼が身に着けた〝仮面〟は、多くの人たちが目指す成功のために活用されたことは一度もない。むしろ逆に、その仮面をつけて、本当の〝大人〟になるためのトレーニングを開始したと見るとすべての辻褄が合うのである。不幸にして花田の仮面は父親の〝女狂い〟が原因という見当がつくが、それさえも幸いだったと言わなければなるまい。小川徹は強引に次のように見事な深読みをしている。

「父親に放蕩者をもつ素直な少年は、母親に同情するあまり、母親の夫への非難すなわちストイシズムを自ら受け入れてしまう。母は父とともに、世の女たちのみだらさを、口を極めないまでも、間接的に何かのついでに吐露することもあり、それとなく息子にいいきかせることもあるだろう」（「花田清輝の生涯」）

何となく不満を感じる花田の女性問題は、この小川徹の〝深読み〟に集約される。

プラトニックラブを超える交流

どうやら私は、花田清輝を〝聖者〟のような〝朴念仁〟にしてしまいたいような欲求があるらしい。〝相惚れ〟である〝花田をめぐる女性群〟に対して、妻・トキ以外はすべてプラトニックな関係であるということにしてしまいたいらしい。世の中の多くの人たちを説得するには、いわゆる〝清い仲〟であることを強調することが、いちばん納得されるからだ。

しかし、これも違う。そんな私の中で骨がらみになって存在する儒教の尻尾を付けたような〝安易な倫理〟で花田清輝を規定することは、神を畏れぬ不届き者と言わなければなるまい。

村井志摩子は花田との関係を「奥様は誤解しているんだと思う。やっぱり私と先生が何かあったみたいに。何のはじるところなし」とあっけらかんと述べているし、花田が「あんたと一緒に住むようになったら、セックスなしの共同生活を試みようね、ともおっしゃった」ことまで語っている。

そして「先生が一番お好きだったのは桂ゆきさん」と指摘し「結婚なさっているから先生、口説けなかったんじゃない？　責任とりたくないですよ。誰かの後でなければ……。先生のずるさかもしれない」というコメントまで付け加えられているから、すでに花田は俗世間を超えていると言わなければなるまい。

だから、プラトニックが〝清い仲〟とか〝恥ずかしくない関係〟とか感じる方がむしろ、俗世間的な受け取り方であり「熱き血潮に触れもせで」の方が、よっぽど迫力のある人間理解のあり方であると同時に、まったくセックスが介在しない男女関係に新しい充足を得る境地に花田は達していたということも、考えられるのではないだろうか。

いやや、はや、何ともややこしいことである。ここでも、再び大庭みな子に登場願おう。彼女は大胆にも花田家を訪れて何度も彼を〝篭絡〟しようと試みたらしい。しかし、

「訪ねると、あまりにも楽しくて、三、四時間はあの毒舌にうっとりするというわけである。そのうちだんだんとコツを覚えて、ああまた例の手で吊り上げられ、どさりと無残に投げ出されるなと事前に気づくようになり、からだを柔軟にして、多少色っぽくくずれおれてみたらどうであろうなどと案を練ってもみたが、どうもうまくいかなかった。／野間宏は私が花田清輝礼賛をすると、きらりと光る眼で（彼ら二人は異質であるが同質の実に魅力的な光のある眼を持っている）私を見て、『あなたは遊ぶからよいが、あの人は遊ばない人だから――』と花田清輝を評した。だが、女の私

を口説いたことがないという多少風変わりなことを除けば、花田清輝ほどかぶく遊びの精神を断固として持ち続けた人はない」（「自由人の傲岸な魂」）

うん、うん。よくぞ言ってくれた。私がそれまで見向きもしなかった大庭みな子の作品を読み始めたのは、この花田清輝への追悼文を読んでからなのは、言うまでもない。

永遠に清く輝く〝超ロマンティスト〟

もういいだろう。花田清輝が女性に対して、どのように向き合って生きてきたか、それは、まぎれもなく、彼が文学、政治、社会、経済、娯楽など、すべてに対する向き合い方と同じであったということがひしひしと感じられるのではないだろうか。

自分が情緒的な人間であることを身に沁みて自覚している彼は、必要以上にインパーソナルの姿勢を取り続けながら、それ故にこそ、本当にパーソナルな生き方を求めて生きたと言えるかもしれない。本質的にロマンティストである素顔をリアリストの仮面で隠し、情緒的なものを拒否しようとしながら苦闘する花田を見てはいられないような気持になるが、彼はそれを乗り越えて、一つの自由で闊達な境地にまで辿りついているようにも見える。

しかし花田は、世を拗ねたり、すべてを超越して、隠棲するというような偉そうなことはしなかった。彼はいつでも永遠に続くであろう人間の愚かな営為をさえも〝対立は対立のまま綜合する〟ことに生涯を賭けた。この傲岸不遜な魂は、時として激しい怒りの悪罵となったり、皮肉で諧謔に満ちたユーモアになったりする。彼の素顔のロマンティズムは、いつの間にか、あらゆる対立物を綜合した超ロマンティズムになっているのだった。

それを、あの花田vs吉本論争の「真昼の決闘」で見事に埴谷判定を覆して見せた好村冨士彦は「花田にとって『ひとつの歌』とは何だったろう」と自問し「まったく独断的で常識的と言われるのを覚悟で、〝やや古風な理念としての革命への節義〟とでも呼んでおこう」と定義している。

とすれば、もはや花田清輝は〝古典〟の部類に入ってしまうのかと不満だが〝節義〟と言う言葉はやはり心地よい。私は今、花田清輝を、やや主知的に過ぎるが〝超ロマンティスト・節義の人〟と規定して、一人ニヤニヤ悦に入っているのである。

しかし、こんなことで満足してはならない。プロローグでは〝大いなる未知の幻影〟にしか過ぎなかったわが花田清輝は、今こそ最も必要な、そして、これからも永遠に私の心の中の七色の虹となって、その名の通り、清く輝く存在であることは永遠に変わることがないだろう。

to be afterward

花田清輝は六十五歳という短い生涯の中で、作家や評論家と称する多くの人材を育てた。中村真一郎、福永武彦、島尾敏雄、安部公房、加藤周一、関根弘、針生一郎など、数え上げて行けば枚挙にいとまがない。

なかでも関根弘は「生涯唯一の師」と公言しているし、安部公房も花田の「砂漠について」というエッセイがなければ、代表作「砂の女」を生み出すことはなかっただろうと言われている。針生一郎に至っては、まさに花田二世のような感じがするという人もいるぐらいだ。その影響力は果てしなく大きく「新日本文学」から世に出た人は、ほとんどが花田清輝に育てられたと言っても過言ではないだろう。

しかし、花田は自分が彼らを〝育てた〟などとは一言も言わなかった。そして、本当に〝師と弟子〟などという関係ではなく、花田は彼らを〝仲間〟であると同時に〝敵〟でもあるかのように接して啓発し合ったのである。そういう意味で、私は鶴見俊輔なども花田に大いに〝育てられた人〟だったろうと思わずにはいられない。

鶴見は花田より一回り以上年下だが、若い頃『復興期の精神』を読んでも、全然分からなかったという。だから敬遠しているうちに、真正面から注目しなければならない事態が起こった。鶴見が久野収との共著で「現代日本の思想―その五つの渦」を出したとき、花田が書評を書いて〝不毛の思想〟だと、滅茶苦茶にやっつけたからである。

「これだけ叩かれれば、いやでも花田清輝を避けて通るわけにはいかない」と、鶴見は夢中になって花田の諸作品を精読しなければならなかった。すると、突然、ハッと理解できるようになり、自分に対する批判の正しさを知ると同時に、新しい発見が出来るようになったと、鶴見は謙虚に「花田清輝の方法」という講演の中で語っている。花田の徹底的な批判によって鶴見俊輔は〝成長〟した。「花田に叩かれると、必ず新しいものが見えてくる」と実感する彼は、高見順、荒正人、山室静、吉本隆明などのような〝大先生〟より、はるかに優秀と言わねばなるまい。

実質的に鶴見俊輔は、花田に〝育てられた人材〟だったと言っても、少しの不思議もないだろう。

――いま私は「わが花田清輝」を、ようやくの思いで書き上げて、花田の偉大さは、鶴見俊輔のような〝人材〟を間違いのないように〝育て上げた〟ことにある、と痛感しなければならなかった。鶴見は同じ講演の中で「花田は自由に自分の〝気合〟を伝えるために書いた。自分は『芸術』の中にあり、そしてまた外に離脱するような人間として彼が生きること選んだ」という意味のことを述べているのを読んで、大いに感動したものである。一つのことに捉われ、固執していてはならない。川の流れのように、流砂のように変幻自在の柔軟さを持たなければなるまい、と花田に教えられた鶴見の花田理解は、その〝気合〟を正当に受け入れたものと言えるだろう。二人は間違いなく〝躁鬱体質〟でありながら、まったく相反する〝分裂気質〟まで、わがものとして獲得したのだった。

熱狂的な〝花田ファン〟は、圧倒的な少数派ではあるが確かに大勢いる。私などは花田清輝に惚れ込んで、その他を否定しかねないほどの執着を持つ、頑迷固陋な〝信者〟でしかないが、こういうタイプは花田清輝にとって、もっとも困った存在かもしれない。「もうダメだね、君は」と閉口する花田の顔が見えるような気がするが、これればかりはどうしようもないのである。だから、馬鹿みたいに〝ラブレター〟を書くより手がないのである。

このような「わが花田清輝」を、出版してくださる開山堂出版社長・坪井公昭氏と辟易しながらも読んでくださる数少ない読者の皆さんに感謝申し上げます。ありがとうございました。

著者

鳥居哲男（とりい てつお）
1937年（昭和12年）京都市生まれ。國學院大學文学部国文科卒業。新聞社、出版社勤務の後、フリーのエディター・ライターとして活躍。著書に「現代神仏百科」（アロー出版）、「清らの人」（沖積舎）、「ラ・クンパルシータ」（近代文芸社）、「エル・アマネセール」（晴耕社）、「わが心の歌」（文潮社）、「倍尺浮浪」（開山堂出版）「折口信夫＆穂積生萩」（開山堂出版）「風と光と波の幻想―アミターバ坂口安吾」（開山堂出版）などがある。同人誌「裸木」主宰。

わが花田清輝　下巻（戦後編）

2020年10月30日　第1刷発行

著　者　鳥居哲男

発行者　坪井公昭

発行所　開山堂出版株式会社
東京都中野区中野 4-15-9-1008　電話 03-3389-5469

制　作　有限会社フリントヒル
東京都新宿区新宿 1-7-10-711　電話 03-3358-5460

定　価　1,500 円（税別）

印刷所　モリモト印刷株式会社

ISBN978-4-906331-56-7 C0095 ¥1500E